적의 화장법

Cosmetique de l'Ennemi

Amélie Nothomb

옮긴이 박철화

서울대학교 불어불문학과를 졸업하고, 파리8대학에서 석사를, 파리10대학에서 박사과정DEA을 마쳤다. 1989년 월간《현대문학》에 평론을 발표하며 평론가로 등단하여『감각의 실존』,『관계의 언어』,『문학적 지성』,『관계의 시학』 등의 평론집을 냈다. 중앙대학교에서 문학이론과 평론을 가르쳤다. 요즘은 주로 바이크 라이딩과 트레일 러닝을 하고 있다.

적의 화장법

아멜리 노통브 지음 박철화 옮김

초판 1쇄 발행일 2022년 12월 20일

펴낸이 김종해
펴낸곳 문학세계사
주소 서울시 마포구 신수로 59-1, 2층
전화 02-702-1800
팩스 02-702-0084
이메일 mail@msp21.co.kr
홈페이지 www.msp21.co.kr
페이스북 www.facebook.com/munsebooks
출판등록 제21-108호(1979. 5. 16)

값 13,000원
ISBN 978-89-7075-274-7

적의 화장법

아멜리 노통브 지음 박철화 옮김

문학세계사

화장을 하듯 남자는 두 손으로 머리칼을 가지런히 다듬었다. 예술의 규칙에 따라 희생자와 마주하려면 제대로 모습부터 갖춰야 한다.

기술적인 문제로 비행기 출발이 꽤 늦어질 거라는 여직원의 안내 방송이 나왔을 때, 이미 제롬 앙귀스트의 신경은 날카로워져 있었다.

'이번에도 그러는군' 하고 생각했다.

이래서 공항이 싫었다. 기약도 없이 이런 대기실에서 무작정 죽치고 있어야 한다는 게 영 거슬렸다. 가방에서 책을 한 권 꺼내 분풀이하듯 빠져들었다.

"안녕하세요!"

누군가 격식을 갖춰 말을 건넸다.

"네, 안녕하세요!"

제롬은 고개를 드는 둥 마는 둥 하며 기계적으로 답했다.

남자가 그의 곁에 앉았다.

"비행기 출발이 이렇게 늦춰지는 건 정말 짜증 나는 일 아니에요?"

"그렇죠!"

제롬이 중얼거리듯 답했다.

"적어도 얼마나 기다려야 하는지 알면 뭐라도 해볼 텐데요."

제롬 앙귀스트도 고개를 끄덕였다.

"재미있나요, 지금 보시는 책이?"

낯선 남자가 물었다.

'신경질 나는데 웬 거지 같은 놈까지 와서 귀찮게 하는군' 제롬은 생각했다.

"흠 흠."

그는 '날 좀 내버려두슈' 하는 투로 헛기침을 했다.

"당신은 다행이네요. 저는 이런 공공장소에선 책을 못

읽거든요."

'그래서 책 읽을 수 있는 사람들을 방해하러 다니는구먼' 앙귀스트는 속으로 한숨을 쉬었다.

"저는 공항이 정말 싫어요."

남자가 다시 입을 열었다. ('나도 갈수록 그래' 제롬은 생각했다)

"순진한 사람들은 공항에서 다른 여행객들과 마주칠 거라 생각하죠. 정말 낭만적인 착각이죠! 여기 보이는 사람들이 어떤 부류인지 아십니까?"

"성가신 사람들?"

그가 여전히 책을 읽는 척하며 내뱉었다.

"아뇨."

남자는 그 말이 자신을 두고 하는 거라고는 여기지 않고 이어나갔다.

"출장 여행을 떠나는 사람들이죠. 그런데 출장이라는 게 제대로 된 여행은 아니어서, 여행이라는 말을 붙이면 안 되겠죠. 굳이 따지자면 '상업적 이동' 정도로 불러야 할 것 같은데. 어때요, 이게 좀 더 정확한 표현이라고 생각지 않나요?"

"나도 지금 출장 여행 중이오."

앙귀스트는 이 낯선 남자가 자신의 실언을 사과하리라 생각하며 분명하게 말했다.

"그렇게 정색하고 밝히지 않아도 됩니다, 한눈에 보이니까요."

'꽤나 무례한 자로군!' 제롬은 화가 치밀기 시작했다.

이미 예의를 지키지 않았으니 그로서도 이젠 예의 따지지 않고 막 대할 권리가 있다고 여긴 것이다.

"이봐요, 말귀를 못 알아먹는 것 같은데, 난 당신과 얘기하고 싶은 생각이 없어요."

"왜요?"

낯선 남자가 정색하고 물었다.

"책 읽는 중이니까."

"아니죠."

"뭐요?"

"책을 읽는 게 아니죠. 당신은 읽는 중이라 생각하는 것 같은데, 독서란 그런 게 아니거든요."

"됐고. 내 말 잘 들어요. 나는 독서에 대한 무슨 심오한 이론을 듣고 싶은 생각이 전혀 없어요. 당신 상당히 거슬리는데. 설령 내가 책을 읽지 않았다 하더라도, 난 당신과 그 얘기를 나누고 싶지 않아요."

"누군가 책을 읽고 있다면 우린 금방 알아봐요. 그런데 책을 읽는, 정말로 읽는 사람은 지금 보이지 않아요. 헌데 여기 있었으니까, 당신은 책 읽는 사람이 아닌 거죠."

"그 점이 얼마나 안타까운지 당신이 알기나 하겠소! 특히 당신이 나타난 뒤로."

"맞아요, 산다는 일은 원래 잡스럽게 불쾌한 것들로 가득 차 있어서 그 자체를 정신 나간 짓으로 만들거든요. 고상한 형이상학적 문제들보단 차라리 찌질한 말썽거리들이 존재의 부조리를 확실하게 보여주죠."

"이봐요, 당신 그 싸구려 개똥철학은 혼자 알아서 하시든지……."

"우리 막 나가진 말자고요."

"당신이 지금 그러고 있잖소, 당신이!"

"텍셀, 텍스토르 텍셀입니다."

"뭔 소리요?"

"상대가 누군지 이름이나 알고 대화를 나누는 게 낫다는 걸 알아주셨으면 해서요."

"당신과 얘기 나누고 싶지 않다고 밝혔을 텐데요!"

"왜 그리 발끈하실까요, 제롬 앙귀스트씨?"

"당신이 어떻게 내 이름을 알죠?"

"여행 가방에 이름표를 써서 매달아 놓으시고는. 주소까지 쓰셨네."

앙귀스트는 한숨이 나왔다.

"됐고, 그래 당신 원하는 게 뭐요?"

"아무것도 없어요. 그냥 얘기나 나누면 됩니다."

"나는 말하기 좋아하는 사람이 딱 질색입니다."

"할 수 없죠. 하지만 날 말릴 수는 없을 거예요. 여기선 금지된 게 아니니까."

이 방해받은 사람은 자리에서 일어나 오십 미터쯤 멀찍한 곳으로 가 앉았다. 그러자 바로 훼방꾼이 그를 따라와 곁에 앉았다. 제롬은 다시 자리를 옮겨 마치 은신처를 찾듯 두 사람이 앉아 있는 사이의 빈자리를 차지했다. 그러자 훼방꾼은 수행원처럼 따라와 제롬을 마주 보고 서서는 다시 도발하듯 말을 걸었다.

"당신이 하고 있는 업무가 지겹습니까?"

"여기 이 사람들 앞에서 얘기를 나누겠다는 거요?"

"뭐 무슨 문제가 되나요?"

앙귀스트는 일어나 원래 자리로 돌아갔다. 이 진드기 같은 훼방꾼에게 시달려야 한다면 구경꾼이라도 없는 게 낫기 때문이다.

"업무가 지겨워요?"

텍셀이 다시 물었다.

"자꾸 물어봐야 소용없어요. 난 대답하지 않을 테니까."

"왜요?"

"금지된 게 아니라니까 당신이 지껄이는 걸 내가 막을 순 없어요. 하지만 의무사항이 아니니 당신이 나더러 대답하라고 강요할 수도 없죠."

"그럼에도 당신은 지금 막 대답을 했습니다."

"그거야 말을 안 하기 위해서니까."

"그러면 이제는 나에 대해 얘기할게요."

"그럴 줄 알고 있었지."

"이미 밝혔듯이 내 이름은 텍셀입니다. 텍스토르 텍셀."

"유감입니다."

"내 이름이 이상하단 뜻입니까?"

"당신을 만난 일 자체가 유감이란 뜻이오."

"하긴 내 이름이 아주 이상하진 않아요. 텍셀은 네덜란드 혈통임을 알려주는 이름이죠. 텍셀, 명확하죠. 그렇지 않나요?"

"전혀."

"물론 텍스토르는 그닥 쉽진 않아요. 그래도 귀티가 나는 이름이죠. 괴테가 가졌던 이런저런 이름 가운데 하나라는 걸 아실까 모르겠어요?"

"괴테도 딱한 사람이었구려."

"아뇨. 텍스토르, 그다지 나쁘지 않은데요."

"비록 이름 한 가지일 뿐이지만 당신과 뭔가 공통점을 갖고 있다는 게 괴로운 일입니다."

"텍스토르를 추한 이름이라 여기시는 모양인데, 생각해보면 '텍스트'라는 나무랄 데 없는 단어와 크게 다르지 않아요. 당신이 보기엔 텍스토르라는 이름의 어원이 뭐일 것 같아요?"

"징벌? 처벌?"

"뭐 비난받을 일이라도 저지르셨나요?"

놀리는 듯한 미소를 지으며 그가 물었다.

"전혀. 늘 무고한 사람들만 당하고, 정의란 건 없으니까요."

"어떻든 당신 생각은 터무니없어요. 텍스토르는 '텍스트'에서 온 이름이니까."

"내겐 그나저나 마찬가지란 걸 알아줬으면 싶은데요."

"이 '텍스트'란 말은 라틴어 텍세레르에서 왔는데, '천을 짠다'는 뜻이죠. 그러니 텍스트란 무엇보다 말을 짜 맞추는 일입니다. 흥미롭지 않나요?"

"결국 당신 이름이 '직조공'이란 뜻입니까?"

"그보다는 부가적인 뜻으로 좀 더 고급스럽게 '문서 작성자'라고나 할까요. 텍스트를 짜나가는 사람이죠. 그런 이름을 갖고도 글 쓰는 사람이 못 된 건 안타깝지만 말입니다."

"그랬다면 당신은 그 허튼소리로 알지도 못하는 사람들을 괴롭히는 대신 종이나 지저분하게 더럽혔을 텐데요."

"그러니 내 이름이 얼마나 멋져요. 사실 곤란한 점은 성과 이름이 붙어 있을 때인데, 텍스토르 텍셀 하면 듣기에 별로니까요."

"당신과 어울립니다."

"텍스토르 텍셀, 이렇게 내 이름을 지으면서 부모님은 대체 무슨 생각을 하셨을까 궁금해요."

"직접 여쭤봤어야죠."

"부모님은 내가 네 살 때 돌아가셨는데, 이 묘한 정체성을 나더러 밝혀내라는 메시지처럼 유산으로 남겼어요."

"나 빼고 혼자서 밝혀보시구려."

"텍스토르 텍셀이라… 시간이 지나면서 이 복잡한 발음에 익숙해지니 그게 그리 거슬린다는 느낌은 사라지더군요. 심지어 이 독특한 이름에 어떤 종류의 음성학적인 아름다움이 있어요. 텍스토르 텍셀, 텍스토르 텍셀, 텍스토르……"

"그렇게 혼자서 내내 희희낙락하고 있을 거요?"

"어쨌거나 언어학자 귀스타브 기욤이 이렇게 적었어요. '귀를 즐겁게 하는 건 정신을 즐겁게 한다'고요."

"당신 같은 사람들을 쫓아내려면 뭘 해야 할까요? 화장실에 틀어박혀야 하나?"

"그래 봐야 아무 소용없어요. 여긴 공항이라 화장실이라고 해서 소리가 차단된 곳은 아니거든요. 나는 그런 곳에도 기꺼이 쫓아가 문을 사이에 두고서라도 당신에게 말을 걸 테니까요."

"대체 왜 그렇게까지 하는 거요?"

"그러고 싶으니까요. 전 하고 싶으면 꼭 하는 사람입니다."

"그렇다면 나는 그런 당신의 아가리를 찢어놓고 싶은 마음이요."

"당신에겐 애석하게도 그건 범죄에요. 난 말이죠, 법적으로 허용된 유해 행위를 좋아해요. 피해자가 스스로 방어할 권리가 없을수록 더 재미있거든요."

"당신은 한세상 사는 데 좀 더 고상한 야심 같은 건 없는 모양이오?"

"없어요."

"난 있는데."

"거짓말."

"당신이 뭘 안다고?"

"당신은 사업을 하는 사람이고. 야심이라면 돈을 불리는 일인데, 그건 자잘한 일이라 고상하진 않아요."

"적어도 다른 사람을 불편하게 하진 않지."

"당신은 분명히 누군가에게 해를 끼치고 있어요."

"그게 맞다 치면, 내게 와서 그 점을 비난하고 있는 당신은 대체 누구요?"

"난 텍셀이죠. 텍스토르 텍셀."

"두고 보면 알겠지."

"네덜란드 사람이고."

"공항의 네덜란드 사람이라. 이제 날아다니는 네덜란드인이 나오겠군,"

"날아다니는 네덜란드 사람? 에이, 기껏해야 신출내기죠. 여자들한테 집적대던 세상 물정 모르는 낭만주의자 말입니다."

"그런데 당신은 지금 남자에게 집적대고 있잖소?"

"나한테 어떤 영감을 불러일으키는 사람에게 그러는 거죠. 앙귀스트씨 당신은 상당한 영감을 주는 사람입니다. 사업가 같지 않아요. 당신은 아니라고 하지만 당신에겐 뭔가 여유가 있어요. 그게 저를 끌어당깁니다."

"정신 차리셔. 난 한가하지 않으니까."

"그렇게 생각하고 싶겠죠. 하지만 당신이 살고 있는 세계는 호기심에 사로잡혀 새로운 세상에 대한 문을 활짝 열어젖힌 그 젊은 친구를 지워내지 못했어요. 지금도 내 비밀을 알고 싶어 안달이 났잖아요."

"당신 같은 부류의 사람들은 늘 다른 사람도 자신에게

관심을 갖고 있다고 생각합니다."

"최악인 것은 결국 그들의 생각이 맞다는 겁니다."

"그래, 계속해 보셔. 시간 때우기야 되겠지."

제롬은 책을 덮고 팔짱을 꼈다. 그리고 강연자에게 집중하듯 그 귀찮은 자를 뚫어져라 응시했다.

"나는 텍셀이오, 텍스토르 텍셀."

"그게 무슨 반복 후렴구요?"

"네덜란드 사람이고."

"내가 잊었을까 봐?"

"그런 식으로 계속 방해하면 진도 나가기가 좀 그래요."

"당신과 계속 진도를 나가야 할지 나는 잘 모르겠는데."

"그건 몰라서 하는 말씀이고. 내 생의 사건 몇 개만 말해주면 금방 알게 될 텐데. 예를 들면, 난 어려서 사람을 죽인 적이 있어요."

"뭐라고?"

"여덟 살 때 일입니다. 우리 반에 프랑크라 불리던 애가 있었어요. 친절하고 잘생긴 데다 웃기까지 잘해서 매력적인 아이였어요. 일등은 아니었지만 학업성적도 좋았어요. 특히 체육을 잘했는데, 그때야 애들 사이에서 인기 얻기 좋은 게 체육이었으니까. 누구나 그 아이를 좋아했었죠."

"물론, 당신은 빼야겠지."

"견디기 어려웠었죠. 나로 말하자면 몸이 약해서 체육엔 꼴찌였고 친구도 없었거든요."

"저런! 그때 이미 인기가 젬병이었구려."

앙귀스트가 미소를 지었다.

"노력을 안 했던 건 아닙니다. 애들 마음에 들려고 웃기기도 하면서 정말 애를 썼거든요. 뭐 결국 실패하긴 했지만."

"그런다고 달라지지는 않지."

"프랑크에 대한 증오는 커져만 갔어요. 당시만 해도 하느님을 믿고 있던 때였죠. 어느 일요일 저녁, 나는 침대에서 기도를 올리기 시작했어요. 악마적인 기도였어요. 내가 증오하던 소년을 신께서 죽여주십사 하는 거였으니까. 나는 그렇게 몇 시간 동안 온 힘을 다해 간청했어요."

"이어진 결말을 알 것 같은데."

"다음 날 아침, 학교에 가니 선생님이 침통한 표정으로 들어오셨어요. 눈물이 그렁그렁해서는 하시는 말씀이 프랑크가 지난밤 원인 모를 심장 발작으로 죽었다더군요."

"그래서 당신은 그게 당연히 기도 탓이라고 믿었을 테고."

"내 탓이죠. 내가 죽여달라 기도하지 않았다면, 한창 건강하던 소년에게 그런 심장 발작이 어떻게 일어날 수 있겠어요?"

"기도한다고 사람이 그렇게 쉽게 죽으면, 이 세상에 살아남을 사람 몇 안 됩니다."

"반 아이들은 울음을 터트렸어요. 우리는 '잘난 사람은 늘 명줄이 짧다' 같은 통념에 붙들렸어요. 나는 생각했어요. '당연하지! 우리 가운데 제일 잘난 놈을 없애는 게 아니었다면, 내가 왜 기도하느라 그 개고생을 했겠어!'"

"그래서 결국 당신이 하느님께 직접 통할 수 있다고 믿는 거요? 정말 대단한 확신이로군."

"첫 소감은 승리의 기분이었어요. 성공했으니까요. 프랑크가 내 생을 망치는 일을 마침내 멈추게 된 거죠. 그런데 그 애의 죽음이 나를 인기 있게 만들지는 않는다는 걸 조금씩 깨달았어요. 실제로 프랑크가 죽었다고 해서 사랑받지 못한 미운 오리 새끼로서의 내 위상에 어떤 변화도 없었거든요. 나를 돋보이게 하려면 그저 운신의 폭을 넓혀 놓는 거로 충분할 거라 믿었던 건데. 엄청난 착각이었어요. 애들은 프랑크를 잊었고, 나는 프랑크의 자리를 차지하지 못했으니까요."

"놀랄 일도 아니구먼. 당신에게 그만한 카리스마가 있다고는 할 수 없지."

"점점 후회하기 시작했어요. 그 범행으로 내가 유명해졌다면, 그 일을 후회하지 않았을 거란 생각 자체가 이상한 것이긴 해요. 하지만 난 아무것도 얻지 못한 채, 공연히 프랑크를 죽였다는 걸 확신하게 되었고, 바로 그런 점 때문에 나 자신을 원망했어요."

"그래서 그 뒤로 자신의 뉘우침을 앞세워 아무나 귀찮게 하려고 이 공항 저 공항에서 사람들을 붙들고 다짜고짜 말을 거는 거요?"

"잠깐, 그렇게 단순하진 않아요. 부끄럽긴 했지만 그 때문에 괴로워할 정도는 아니었거든요."

"그러면 자신 때문에 그 애가 죽은 게 아니라는 것쯤은 알 정도로 당신이 제정신이란 뜻이오?"

"잘못 이해하셨군요. 그 살인에 내 책임이 절대적인 거라는 점에 대해선 조금도 의심하지 않았어요. 다만 내 양심이 그런 상황에 대해 준비되어 있지 않았을 뿐이죠. 어른들은 아이들에게 가르치잖아요. 숙녀를 만나면 인사를 하고, 콧구멍 속에다 손가락을 집어넣으면 안 된다고 말이죠. 그런데 같은 반 아이를 죽이면 안 된다고는 가르치지 않아요. 상점에 진열된 사탕을 훔쳤었더라면, 차라리 더 많은 죄책감을 느꼈을 겁니다."

"당신은 신앙을 잃었다면서, 어떻게 아직도 프랑크라는 아이가 죽은 게 당신 탓이라고 믿을 수 있죠?"

"신앙으로 고취된 정신만큼 강한 것은 없죠. 여기서 신이 존재하느냐 아니냐는 중요하지 않아요. 그 당시 내 기도는 확신에 가득 차서 한 생명의 목숨을 끝장낼 정도였으니까. 믿음을 그만두면서 내가 잃어버린 게 그런 어떤 힘이었어요."

"어쨌거나 당신이 신앙을 잃었다니 다행이군요."

"그래요. 다음번 살인 행각은 그처럼 쉽지 않았으니까요."

"이런! 또 살인을 저질렀단 말이오?"

"처음 죽였다는 것만 중요하죠. 살인을 하는 데에 죄의식의 여러 문제 중 하나가 바로 그거예요. 죄의식은 누적되는 게 아니거든요. 사람을 백 명 죽였다고 딸랑 한 명 죽인 일보다 더 심각하게 여기지는 않으니까요. 그래서 일단 한 명 죽이고 나면, 왜 백 명을 죽여서는 안 되는지 알 수가 없어져요."

"그렇겠지. 살면서 왜 그런 사소한 즐거움을 참아야겠소?"

"내 말을 진지하게 듣지 않으시네. 날 비웃고 있군요."

"당신이 '살인'이라고 부르는 것을 보아하니, 무슨 엄청난 범죄자와 마주하고 있다는 느낌은 들지 않아서 그래요."

"맞습니다. 엄청난 중범죄자는 아니에요. 나는 그저 소소한 살인자일 따름입니다."

"분명해서 좋구려."

"이건 알아두세요. 나는 딱 두 명 죽였을 뿐입니다."

"애개개! 야망을 좀 더 크게 가지셔야겠네."

"같은 생각입니다. 좀 더 근사한 뜻을 가지고 태어났었죠. 그런데 죄의식이란 악마가 막고 나서는 바람에 애초에 되고자 했던 거창한 존재가 못 되고 만 겁니다."

"죄의식이라는 악마라고? 나는 당신이 별것 아닌 거 갖고서 뉘우치느니 마느니 하는 줄 알았는데."

"프랑크를 죽인 일에 대해서는 그 말이 맞아요. 죄의식에 사로잡히는 건 그보다 나중 일이죠."

"두 번째 살인 때 얘긴가요? 이번엔 어떻게 저질렀소? 저주를 퍼부은 건가?"

"날 비웃다니 당신이 실수하는 겁니다. 잘못 알고 계신데, 난 신앙을 잃음과 동시에 죄의식을 느꼈습니다. 그런데 내가 여태껏 신앙인과 얘기를 나누고 있는 줄은 몰랐네요."

"천만에. 내 집안에서는 누구도 신앙을 갖지 않았어요."

"사람들은 신앙을 마치 혈우병이라도 되는 것처럼 얘기하는데, 우스꽝스러운 일이죠. 우리 부모님은 전혀 믿음이 없으셨지만, 그렇다고 내가 신앙을 갖는 데 장애가 되지는 않았어요."

"하지만 당신도 더 이상 믿음을 갖지 않으니 결국 부모님처럼 된 거잖소."

"맞아요, 하지만 그건 한 가지 사건 때문에 그렇게 된 거예요. 일어나지 않았을 수도 있었지만, 결국 내 인생 전체를 규정해버리는 어떤 정신적인 사건 말입니다."

"머리를 한 방 얻어맞은 사람처럼 얘기하시네."

"그런 셈이죠. 12년 하고 반을 살았을 때인데, 당시는 할아버지 집에 살고 있었어요. 고양이를 세 마리 키웠는데, 걔들에게 먹을 것을 챙겨주는 게 내 일이었어요. 생선 통조림을 따서 내용물을 으깨어 밥과 함께 주어야 했는데. 꽤나 혐오스러운 일이었어요. 고약한 냄새와 통조림에 담긴 생선을 보면 토가 나올 정도였거든요. 게다가 생선 살을 잘게 부수는 것만으론 만족할 수 없었어요. 생선 살이 밥과 골고루 아주 잘 섞이지 않으면 고양이들이 먹으려 들지 않았으니까. 그래서 직접 손으로 반죽을 잘 섞어야 했어요. 눈을 감아도 소용이 없었습니다. 푹 익은 밥과 으깨진 생선 살 반죽을 손으로 만질 때마다, 참기 어려울 정도로 고약한 그 덩어리들을 주무르다 보면 난 거의 정신줄을 놓을 지경이었거든요."

"거기까진 나도 이해할 수 있겠군요."

"몇 년 그 일을 하다가 생각할 수도 없는 사건이 벌어졌어요. 열두 살이라고 했잖아요. 어느 날 고양이들 주려고 주무르고 있던 반죽에 시선이 갔어요. 토가 확 치밀어 올랐는데 간신히 참았어요. 바로 그때였어요. 이유는 모르겠는데 반죽을 한 움큼 떼어내 입에 처넣고는 먹어버린 겁니다."

"푸아, 그걸 말이라고……"

"아니요. 정말 아니에요. 그렇게 맛있는 걸 먹어본 적이 없었던 것 같았어요. 바짝 마르고 음식을 거의 먹지 않던, 뭔가 억지로 먹여야만 간신히 먹는 시늉이나 하던 내가 동물이나 먹을 그 끈적한 죽을 열심히 먹어 치운 겁니다. 스스로 하는 짓에 기가 막혀 하면서도 나는 생선 살 곤죽을 한 움큼씩 떼어내 먹고 또 먹었어요. 그 세 마리 고양이가 자기들 양식을 다 먹어치우는 나를 놀란 눈빛으로 지켜보더군요. 그래도 내가 더 기겁했죠. 고양이랑 나 사이에 어떤 차이도 없다는 걸 알았으니까요. 먹으려던 건 내 의지가 아니라, 나더러 먹도록 강제하는 어떤 대단한 힘이라는 걸 충분히 느꼈어요. 결과적으로 나는 생선 살 한 조각 남기지 않고 냄비를 깨끗이 비웠어요. 그날 고양이들은 굶어야 했죠. 내 추한 몰락의 유일한 증인이 되었고."

"이 얘기도 우습군요."

"끔찍한 얘기죠. 그 일로 난 신앙을 잃었으니까요."

"이상한 얘기요. 난 믿음을 가진 사람은 아니지만, 그렇다고 고양이들 먹을 밥을 좋아하는 일이 어떤 점에서 신의 존재를 의심할 충분한 이유가 되는지 잘 모르겠는데."

"그건 아니죠, 난 고양이 밥을 좋아했었던 게 아니에요. 내 속의 어떤 적이 그걸 강제로 먹게끔 했었던 거예요! 그때까지 내 안에서 잠자코 침묵을 지키고 있던 이 웬수가 신보다 압도적으로 쎈 놈이 되어 나타나서는 신이란 존재가 아니고 바로 그 신의 전능함에 대한 나의 믿음을 허물어버린 거니까요."

"그렇다면 신의 존재에 대해선 여전히 믿나요?"

"당연하죠, 내가 계속해서 신을 모욕하고 있잖아요."

"왜 그렇게 신을 모욕하시나?"

"반응하도록 만드는 거죠. 근데 잘 안 돼요. 내가 그를 모욕해도 신은 품격이나 자존심도 없이 무기력할 뿐이죠. 차라리 신보다는 인간들이 덜 무기력해요. 신은 그냥 건달이에요. 보세요? 나는 조금 전에도 신에게 모욕을 가했는데, 그는 여전히 침묵하고 있잖아요."

"신이 어떻게 하길 바랍니까? 당신에게 벼락이라도 내리라는 건가요?"

"제우스 신처럼 얘기하는군요."

"그렇다면 당신은 신께서 당신에게 메뚜기 떼를 비처럼 쏟아지도록 하거나 홍해 바닷물이 당신을 집어삼키도록 해주길 바랍니까?"

"봐요, 당신은 또 비웃고 있어요. 신이 아무것도 아니라는 걸 발견하는 게 무척 힘든 일이란 점을 아셔야 합니다. 그래서 보상으로 강력한 힘을 지닌 내면의 적이 주어지는 거고. 머리 위에서 너그럽게 군림하는 신과 함께 산다고 믿었는데, 사실은 자신의 뱃속에 사는 악의에 찬 폭군에게 붙들려 살고 있단 걸 깨닫는 일이에요."

"진정하시고, 고양이 밥을 먹는 게 그렇게 심각한 건 아니잖소."

"당신도 그런 적이 있나요?"

"아니."

"그럼 그걸 어떻게 압니까? 고양이 밥으로 배를 채우는 일은 끔찍해요. 일단 맛이 더럽죠. 그리고는 자신을 혐오하게 됩니다. 거울에 비춰보며 이렇게 중얼거려요. '이 조무래기가 고양이 밥을 다 먹어치웠군.' 결국 자신의 내면 저 안에서 낄낄대며 웃어젖히는 혐오스러운 어둠의 힘에 굴복했다는 사실을 알게 되는 겁니다."

"악마가 그러는 거요?"

"내키는 대로 부르시죠."

"하긴 나랑 뭔 상관이겠어요. 나는 신을 믿지 않으니, 악마도 믿을 턱이 없습니다."

"나는 적이 있다는 건 믿어요. 신의 존재에 관한 증거라는 게 근거가 약하고 교묘한 것들이고, 신의 힘에 대한 증거는 더 근거가 없어요. 하지만 내면의 적에 대한 증거는 차고 넘쳐서, 그 적의 힘에 대한 증거는 압도적이죠. 내가 적의 존재를 믿는 것은 밤이고 낮이고 내가 가는 길목마다 그와 마주치기 때문입니다. 그럴만한 것이라면 뭐든 내면에서부터 파괴해버리는 게 바로 그 적입니다. 그는 각각의 현실적인 것 속에도 어김없이 들어있는 황폐한 몰락을 당신에게 보여줍니다. 당신과 당신 친구들의 저열함을 확연하게 보여주죠. 어떤 완벽한 날이 오면 그는 당신에게 고통받아 마땅한 이유가 있다는 걸 증명할 겁니다. 당신 자신을 혐오하게 만들 것이며, 낯선 여인에게서 언뜻 천사 같은 얼굴을 보았을 때조차, 그 예쁜 얼굴 속에 죽음이 들어있다는 걸 기어코 드러내 당신에게 보여줄 자가 바로 그 적입니다."

"그러니까 당신이 어떤 공항의 대기실에서 책을 읽고 있는데, 무턱대고 다가와서는 다짜고짜 말을 시키며 당신의 독서를 방해하는 자 같은 경우 말입니까?"

"그렇죠. 당신에겐 그가 적이죠. 아마도 적은 당신의 외부에 따로 존재하진 않을 겁니다. 당신은 그 적이 지금 당신 곁에 앉아 있다고 여기겠지만, 아마도 그는 당신의 독서를 방해하면서 당신의 내면에, 머리와 뱃속에 이미 들어가 있을 겁니다."

"아니. 나에게 내면의 적이란 없어요. 바로 지금 내게 적이 하나 있긴 한데, 내 존재 바깥에 아주 현실적으로 있는 바로 당신이죠."

"그게 좋다면야 그렇게 생각하시죠. 나는 그 적이 내 안에 있고 나를 죄인으로 만든다는 걸 알고 있어요."

"어떤 죄요?"

"그가 전능한 힘을 갖는 걸 막지 못했다는 죄죠."

"그러니까 당신이 30년 전에 고양이 밥을 먹었다는 것 때문에 이렇게 와서 나를 괴롭히는 겁니까? 내 생각에 당신은 그저 감염된 사람입니다. 당신 같이 감염된 사람을 치료할 의사는 많이 있어요."

"나는 당신에게 치료를 받으러 온 게 아닙니다. 당신을 환자로 만들려고 온 거예요."

“그게 즐거워요?”

“황홀한 일이죠.”

“하필 내가 걸려들어야만 했고.”

“그냥 재수 없었다 치시죠.”

“그나마 그 점은 인정하니 행복하군요.”

“그런데도 나는 당신이 그걸 후회하지 않으리란 점을 확신합니다. 살다 보면 불행이 득이 되는 경우가 있으니까요.”

“남을 엿먹이는 개차반들이 자신을 정당화하는 이 놀라운 편집증이라니! 루쉰이 말한 그 모기의 언변이나 마찬가지로군요. 모기에 물리는 것 자체가 고통인데, 모기란 놈들은 귓가에서 계속 왱왱거리며 지껄이거든요. ‘내가 무는 건 널 위해서야’라고. 이런 개소리를 할 거라는 걸 당신도 확신할 수 있을 텐데. 참, 말이나 마시지!”

“모기와의 비교는 그럴싸해요. 나도 당신에게 가려움 같은 것으로 남을 테니까요.”

“그렇다면 당신이 날 떠날 거라는 말로 들리는데. 이거 벌써 희망이 보이네. 그럼 당신이 언제 떠나는지 알 수 있을까요?”

"당신을 교화시키는 임무를 완수할 때죠."

"내 쪽에 와서 교화시킬 임무가 있어서라고? 그러면 메시아를 거부하는 법도 있을 것 같은데. 선생, 난 당신의 가르침 따윈 전혀 필요가 없어요."

"사실 필요 없죠. 내가 당신을 환자로 만드는 일만이 필요할 테니."

"대체 언제부터 건강한 사람이 환자가 될 필요가 있단 거죠?"

"우선 당신은 그다지 건강하지 않아요. 당신도 완벽하게 알고 계시겠지만 당신 안에는 뭔가 문제가 있어요. 그래서 환자가 될 필요를 느끼고 있죠. 파스칼이 이런 고상한 제목의 글을 썼어요. '질병을 잘 이용할 수 있길 신에게 요청하는 기도'라고. 정말로 질병을 잘 이용하는 방법이 있으니까요. 그러려면 환자가 되어야 합니다. 나는 당신에게 바로 그런 축복을 드리려고 온 거예요."

"참 고맙기도 하셔라. 나는 그걸 고마워할 사람이 아니니 선물은 넣어두시지."

"생각해보세요. '질병이 없으면 치유도 없다'는 불가피한 진리 때문에 당신은 나 없이는 당신의 그 고통과 질병을 이겨낼 기회가 전혀 없어요."

"대체 내가 무엇으로부터 치유되길 바라는 건가요?"

"왜 자신마저 속이려 듭니까? 제롬 앙귀스트씨, 당신은 지금 상당히 안 좋아요."

"당신이 대체 뭘 안다고 함부로?"

"엄청 많은 걸 알죠."

"정보국의 비밀 요원이라도 되시나?"

"정보국을 훌쩍 뛰어넘을 아주 비밀스러운 임무를 하고 있죠,"

"당신 대체 누구요?"

"내 이름은 텍셀. 텍스토르 텍셀입니다."

"오 이런, 또다시 시작이군!"

"나는 네덜란드 사람입니다."

제롬 앙귀스트는 두 손으로 귀를 막았다. 들리는 것이라곤 두개골 안에서 울리는 소리뿐이었다. 그건 마치 열차가 전혀 지나다니지 않는 순간의 지하철역에서 멀리 희미하게 들려오는 웅웅거림과 같았다. 불쾌한 느낌은 아니었다. 그러는 동안에도 진드기 같은 훼방꾼의 입술은 계속 움직이고 있었다. '저런 우둔한 놈 같으니.' 희생자는 생각했다. '내가 자기 말을 들을 수 없다는 걸 알면서도 지껄이네. 저거 병적으로 떠드는 거잖아. 그런데 마치 자기가 승리자라도 된 것처럼 왜 저리 웃는 거야? 더 이상 듣질 않으니 승리자는 나인데. 웃을 사람은 나야. 그런데 난 웃지 않고, 저 자는 계속 웃고 있어. 대체 왜 이래?'

그렇게 몇 분이 지났다. 앙귀스트는 텍셀이 왜 웃고 있는지 곧 깨달았다. 팔이 아파지기 시작했다. 처음엔 별것 아니었는데 점점 참을 수 없을 지경이 되었다. 제롬은 고통을 느낄 정도로 그렇게 오래 자신의 귀를 막고 있은 적이 결코 없었다. 그런데 고문 기술자는 희생자에게 그런 고통스러운 경련이 차츰 더해지리란 사실을 확실하게 알고 있었다. '이 자가 몇 시간 동안이나 허튼소리로 붙잡고 늘어진 사람이 내가 처음은 아니겠지. 저렇게 즐거워하는 놈의 눈앞에서 두 손으로 귀를 꽉 틀어막고 있는 사람도 내가 처음은 아닐 거고. 저렇게 웃는다는 건, 이런 일이 다반사라는 거겠지. 그는 내가 오래 버티지 못할 거란 사실을 알고 있어. 쓰레기 같은 놈! 이 세상엔 정말 이런 변태들이 있군.'

몇 분이 더 흐르자 이번에는 어깨가 빠져나갈 것 같은

느낌이 들었다. 너무 아팠다. 그래서 낙담한 그는 마침내 안도하듯 얼굴을 찡그리며 팔을 내렸다.

"잘했어요."

네덜란드인이 짧게 말했다.

"당신의 희생자들이 늘 이러겠죠?"

"당신이 첫 희생자라 해도 나는 잘 알고 있을 겁니다. 십자가형에 대해서 들어보셨나요? 그 형벌을 당하는 사람이 왜 고통받고 죽어간다고 믿나요? 손발에 박히는 저 죄 없는 못들 때문에? 아뇨 하늘을 향해 벌린 팔 때문이에요. 아마존의 나무늘보 같은 몇몇 포유류와 달리 인간은 그런 자세를 길게 유지할 수 있도록 만들어지지 않았어요. 팔을 지나치게 오래 높이 들고 있도록 하면, 그 사람은 죽고 말 거예요. 그래요, 좀 과장하자면 아주 오래 팔을 들고 매달려 있다 보면 숨이 막혀 죽을 수 있는 때가 오니까요. 당신 같은 사람은 죽진 않겠죠. 하지만 결국 괴롭긴 할 겁니다. 그러니 아셨죠. 당신은 나로부터 벗어날 수 없단 것을. 우연히 일어나는 일이란 없어요. 당신은 왜 내가 당신의 청각을 괴롭힌다고 생각하십니까? 합법적이기 때문만은 아니겠죠. 무엇보다 청각이 방어하기 가장 허술한 감각의 하나이기 때문입니다. 눈의 시각은 자신을 보호하기 위해 눈꺼풀을 갖고 있어요. 악취의 후각을 피하려면 손으로 코를 쥐어 막는 걸로 충분한데, 오래 그런다고 해서 특별히 고통스러운 자세가 아니죠. 맛의 미각에 굴복하지 않으려면, 아예 단식을 하거나 소식하며 절제하는 방법이 있는데, 역사 이래로 해 온 것들이죠. 촉각과 관련해선 아예 법률이 있어요. 당신의 의사를 무시하고 누군가 당신을 만지면 경찰을 부를 수 있어요. 인간이란 종에게는 단 하나의 약한 지점이 있는데, 그게 바로 귀의 청각입니다."

"틀렸어요. 귀마개가 있어요!"

"맞아요, 귀마개가 있어요. 인간이 만든 가장 근사한 발명품이죠. 그런데 당신 여행 가방엔 지금 그게 없죠, 안 그래요?"

"공항에 약국이 하나 있으니, 가서 사면 됩니다."

"딱한 분일세. 생각해보세요. 당신에게 오기 전에 내가 거기서 남은 귀마개 전부를 사지 않았겠어요. 우연히 이뤄질 일이란 게 전혀 없단 걸 제가 말씀드렸잖아요! 아까 당신이 귀를 막고 있던 동안 제가 무슨 얘길 했는지 알고 싶으세요?"

"아니."

"별거 아니에요. 다시 말씀드리죠. 인간이란 하나의 성채인데, 감각이란 그리로 드나드는 문인 셈이죠. 청각은 거기서 방비가 가장 허술한 문이에요. 당신의 패인은 바로 거기 있어요."

"그건 상대 입장에서도 딱히 승리라고 할 수 없는 패배인데, 왜냐하면 당신이 이겨서 뭘 얻었는지 나는 잘 모르겠거든요."

"이겼죠. 알려고 그렇게 서두르지 않아도 됩니다. 시간은 충분하거든요. 비행기 출발은 기약 없이 늦춰지고 있고요. 내가 나타나지 않았다면, 당신은 책이나 뒤적거리며 읽는 척하고 있었을 텐데요.. 내겐 당신에게 줄 게 잔뜩 있어요."

"어린 시절 같은 반 친구를 죽였다는 망상 살인, 고양이 밥 뺏어 먹은 것…… 따위의 허접한 이야기로 누군가의 흥미를 끌 수 있다고 믿어요?"

"어떤 이야기를 하려면 맨 처음부터 시작하는 게 낫지 않아요? 열두 살 때의 사건과, 고양이 밥을 먹어치운 것, 마침내 신앙을 잃어버리고는 적을 얻은 일. 그러니까 나 자신, 또는 좀 더 정확하게 말해서, 우리 모두의 내면 어두운 곳에 존재하는 미지의 적을 얻게 되었다는 얘기 말입니다. 그걸로 내 세계는 바뀌었어요. 그때까지 난 할아버지 할머니 집에서 조용히 살아가고 있던 낯빛 창백하고 빼빼 마른 고아였어요. 그런데 그 뒤로는 고통과 근심에 사로잡혀 걸신들린 사람처럼 먹어댔어요."

"여전히 고양이 밥을?"

"그것만이 아니에요. 할아버지 할머니의 밥까지 먹기 시작했어요. 어떤 음식에 거부감이 들면, 오히려 바로 달려들어 게걸스럽게 먹어치우곤 했어요."

"하긴 네덜란드에는 역겨운 음식들이 좀 있죠."

"맞아요. 그래서 왕창 먹었어요."

"근데 뚱뚱해 보이지는 않으시네."

"근심하느라 먹은 걸 다 태워버리니까요. 사춘기 이후로 난 달라진 게 없어요. 그때 발견했던 죄의식이란 짐을 늘 짊어지고 다녔거든요."

"대체 그 죄의식이 뭐요?"

"당신은 죄의식에 물든 환자에게 어떤 심각한 동기가 있어야 한다고 생각하십니까? 나의 내부의 적은 고양이 밥에 대한 탐닉으로부터 태어났어요. 그게 아니었어도 놈은 다른 핑곗거리들을 찾아낼 수 있었을 겁니다. 죄인이 될 운명에 처한 사람이라도 꼭 비난받을 어떤 이유가 있어야 할 필요는 없어요. 죄의식이란 어떤 방법을 써서라도 제 갈 길을 만들어낼 거거든요. 미리 정해진 운명 같은 것이에요. 장세니즘이라고나 할까. 근데 보니 이것도 네덜란드에서 만든 거네요."

"그렇군요, 땅콩버터나 다른 괴상망측한 것들이 그렇듯이."

"나는 땅콩버터는 좋아합니다만."

"놀랄 일도 아니오."

"무엇보다 장세니즘이 마음에 들어요. 그런 말도 안 되는 교리만이 내 마음에 들 수 있거든요. 마치 사랑이 그러하듯 진지한 폭력을 가능케 하는 이론 말입니다."

"그리고 나는 공항에서 한 장세니스트가 계속해서 날 엿먹이는 상황에 처해 있고요."

"누가 알겠어요? 이것 또한 미리 정해진 운명 같은 것일 수 있단 사실을. 지금까지 당신이 오직 나와 만날 목적 속에서 살아왔을 가능성이 없는 건 아니니까요."

"절대 아니지."

"그렇게 단언하는 당신은 누구죠?"

"내 생에는 달리 중요한 일들이 많이 있으니까요."

"예를 들면요?"

"그걸 당신에게 말하고 싶진 않은데."

"틀렸어요. 내가 한 가지 중요한 원리를 알려드리죠, 제롬 앙귀스트씨. 내 입을 다물게 할 합법적인 방법은 딱 하나뿐입니다. 당신이 말을 하는 겁니다. 잊지 말아요. 말하는 일만이 당신을 구할 수 있으리란 걸."

"구한다고요, 대체 무엇으로부터?"

"알게 될 겁니다. 자 이제 선생의 아내분에 대해 얘기를 해보세요."

"내가 결혼한 건 또 어찌 알았을까? 결혼반지도 끼지 않는데."

"당신이 결혼했단 걸 막 내게 알려줬잖아요. 그러니 이제 부인 얘기를 해보세요."

"어림없는 소리."

"왜요?"

"당신 같은 사람에게 내 아내에 대해 말하고 싶은 마음이 전혀 없으니까요."

"그렇게 말하는 걸 보니 더 이상 부인을 사랑하지 않는군요."

"사랑합니다."

"아뇨. 사랑하는 사람이라면 언제나 자신이 사랑하는 대상에 대해 말하기를 그치지 않거든요."

"그걸 어찌 아시나? 내 확신하건대 당신은 누구도 사랑하지 않을 텐데."

"사랑해요."

"그럼 당신이 얘기해봐요, 당신이 사랑하는 대상에 대해서 할 말이 마르지 않도록."

"아주 고상한 어떤 여인을 사랑합니다."

"그렇다면 대체 여기서 뭘 하고 계시나? 그녀 곁에 있지 않은 걸 보니 용서받을 수 없는 사람이구먼. 그녀와 함께할 수 있을 시간에 모르는 낯선 사람들이나 성가시게 하느라 시간을 낭비한단 말입니까?"

"그녀가 날 사랑하지 않거든요."

"그녀를 매혹할 수도 있을 시간에 모르는 낯선 사람들이나 성가시게 하느라 시간을 낭비한단 말입니까?"

"이미 노력해봤어요."

"계속 두드려야죠!"

"소용없어요."

"비겁하시네."

"애써봐야 아무짝에도 쓸모없을 거란 사실을 난 너무 잘 아니까요."

"그러면서도 그녀를 사랑한다고 감히 주장은 하시고?"

"그녀는 죽었으니까요."

"아!"

제롬의 얼굴이 굳어졌다. 그리곤 입을 다물었다.

"그녀를 알았을 때는 물론 그녀가 살아 있었죠. 이 점을 정확히 해두는 이유는, 이미 죽은 여성들만을 사랑할 수 있는 남자들도 있기 때문이에요. 살아 있는 모습을 본 적이 전혀 없는 여자란 꽤 편리한 면이 있지요. 하지만 나로선 그녀가 살아 있었기 때문에 사랑했던 겁니다. 그녀는 다른 사람들보다 더 생생했었어요. 오늘도 그녀는 다른 누구보다 생생한 모습으로 남아 있고요."

침묵이 둘 사이를 메웠다.

"놀란 척하지 마세요, 제롬 앙귀스트."

"당신 말이 맞아요. 당신의 여인은 죽었고, 그건 그리 심각한 일은 아니죠."

"내 여자였다고 말한 적은 전혀 없어요."

"그렇다면 더욱이 비극적으로 받아들이지는 말아야겠군요."

"그냥 웃고 말 일이라고 보시나요?"

"당신이 내게 놀란 척하지 말라고 했단 걸 알아둬요."

"부탁드리는데, 말의 뉘앙스를 좀 가려서 새겨주세요."

"난 더 이상 아무 말도 않겠소."

"그렇다면 당신에게 안 됐지만 할 수 없죠. 난 그녀를 20년 전에 만났어요. 우리는 둘 다 스무 살이었죠. 어떤 여자에게 끌려본 적은 그때가 처음이었어요. 그전까지는 죄의식이라는 나만의 고유한 콤플렉스 때문에 그랬던 것 말고는 정신이 혼미했던 적이 없었으니까요. 내 속에 파묻혀서 살았던 거죠. 괴로워하며 자신을 분석하고, 혐오를 씹어가면서 그 혐오가 내 몸에 어떤 효과를 일으키는지 지켜보면서 말입니다. 바깥세상은 갈수록 내게서 상관없는 게 되었어요. 할아버지 할머니는 돌아가시며 돈을 약간 남겨주셨는데, 풍족한 정도는 아니고 몇 년 보잘것없는 음식으로 간신히 굶지 않을 정도였어요. 사람들에게서 점점 멀어졌죠. 나의 하루는 파스칼을 읽거나 지저분하기 짝이 없는 먹거리들을 찾는 것으로 다 채워졌어요."

"그 세 마리 고양이는?"

"새끼도 없이 죽었습니다. 그래서 몇 달 동안은 할아버지랑 할머니가 그 고양이들을 먹이고자 사두셨던 생선 통조림을 먹어치우며 버텼어요. 그러다 보니 통조림이 거덜이 나 식료품 선반도 휑하고, 네덜란드라는 나라도 지겨워져서 딴 세상을 보러 떠났죠. 파리에 정착했는데, 포르루아얄 전철역에서 멀지 않은 곳이었어요."

"프랑스 음식도 당신에겐 별로였을 텐데?"

"네, 파리 사람들도 잘 먹지는 못하고 살더군요. 그래도 파리에서는 내 입맛을 만족시킬 것을 찾아냈어요. 또 바로 거기서 이 세상 가장 예쁜 아가씨를 만났습니다."

"이거 통속적으로 흘러가는데. 내가 맞춰보리다. 뤽상부르 공원에서 만났겠구먼."

"아뇨. 묘지에서 만났습니다."

"페르 라셰즈 공동묘지. 고전적인데."

"아뇨. 몽마르트르 묘지입니다. 그녀를 시체들 사이에

서 발견했다는 사실은 의미심장해요."

"난 그 묘지를 몰라서."

"파리에서 가장 예쁜 곳이죠. 페르 라셰즈보다 훨씬 외집니다. 거기서 어떤 무덤 하나가 다른 무덤보다 더 마음에 다가오더군요. 누구 무덤인지는 몰라요. 단지 웬 어린 아가씨의 조각상 하나가 땅을 향해 얼굴을 아래로 하고 쓰러져 묘비에 코를 박고 있는 겁니다. 얼굴이 어떨지는 영원히 알 수 없게끔. 모습이 반쯤만 드러나는데, 우아한 등허리 라인부터 가냘픈 발, 섬세한 목덜미까지 아주 얌전해요. 근데 청회색 녹이 죽음의 기운처럼 덮여 있었어요."

"음산하네."

"아니, 매혹적이죠. 게다가 처음 봤을 때, 살아 있는 여성 하나가 거기 서서 조각상을 뚫어지게 바라보고 있는데, 똑같은 모습을 하고 있는 겁니다. 등만 보면 같은 사람이라고 장담할 정도예요. 마치 곧 죽을 운명을 알고 있는 어린 아가씨가 미래의 자기 무덤에 와서 자신의 조각상을 바라보는 것 같았거든요. 그래서 여기 엎어져 있는 조각상이 당신 자신이냐고 물으면서 그 여자에게 다가갔어요. 그녀가 바로 불쾌해하더군요."

"이해하고도 남지."

"왜요?"

"나 역시 당신 때문에 바로 불쾌해졌으니까요. 게다가 그게 고상한 취향의 질문이었다고 할 수는 없으니까."

"왜죠? 그 청회색 조각상 아가씨는 매혹적이었는데."

"그랬겠죠. 하지만 무덤 위에 있는 거잖소."

"그게 뭐 어때서요? 죽음은 조금도 혐오스럽지 않아요. 그런데도 그녀는 계속해서 날 이상한 놈으로 여긴 것 같았고, 대답하려 들지 않더군요. 그러는 사이 나는 그녀의 얼굴을 살펴봤어요. 이후로 나는 전혀 헤어날 수 없었습니다. 이 세상에 그 얼굴 또는 차라리 어떤 얼굴들만큼 이해하기 어려운 건 없을 겁니다. 윤곽과 눈빛이 하나로 어우러져 갑자기 유일한 실재이자, 세상에서 가장 중요한 수수께끼가 되는데, 사람들은 마치 천상의 메시지가 거기 새겨져 있는 것처럼 갈망하며 간절하게 바라보게 되거든요. 여기서 당신에게 그녀를 세세하게 묘사해봐야 소용없는 일이죠. 그녀가 밤색 머리칼에 푸른 눈동자를 가졌다고 하면, 실제로 그런데, 당신은 앞서 나가 거기에 살을 덧붙일 겁니다. 아무런 색도 허용되지 않는 소설에서 마치 그러면 뭐라도 바

뀔 것처럼 여주인공을 의무적으로 묘사해야 하는 일보다 더 짜증 나는 게 뭐가 있겠어요? 사실 그녀가 금발에다 밤색 눈을 가졌다 해도, 뭐가 달라지겠어요. 어떤 얼굴이 가진 아름다움을 묘사하는 일은 부질없고 멍청한 짓입니다. 마치 소나타나 칸타타의 설명하기 어려운 매혹을 말로써 접근해보려는 거나 마찬가지거든요. 차라리 칸타타나 소나타로 그 얼굴을 표현하는 일은 가능할 수도 있었을 텐데. 어쨌거나 그런 신비와 마주친 사람은 불행하게도 더 이상 다른 어떤 것에도 흥미를 느낄 수 없습니다."

"이번에는 당신 말이 이해가 갑니다."

"거기까지만. 당신은 자신이 살면서 믿어왔던 그 얼굴이 당신의 믿음을 거부할 때, 어떤 기분인지 정말 모를 테니까요. 당신은 사람들이 흔히 말하는 괜찮은 피지컬의 소유자입니다. 하지만 당신의 바로 눈앞에 입술만 내밀면 닿을 거리에 맑고 시원한 물이 있는데, 목이 타들어 가는 갈증을 느끼면서도 그걸 마실 권리가 없다는 게 뭔지를 당신은 모릅니다. 당신이 막 사막을 건너왔는데, 자신의 취향에 맞지 않는다는 말도 안 되는 이유로 물이 당신을 거부하는 거와 같죠. 마치 물이라는 게 당신을 거부할 권리라도 갖고 있는 것처럼 말입니다. 이 무슨 파렴치한 짓거립니까! 당신이 갈증을 느껴 물을 마시려는 거지, 거꾸로 물이 당신에게 갈증을 느끼는 게 아니잖아요?"

"그건 영 강간범의 항변 같은데."

"내 말을 곧이곧대로 믿질 않는군요."

"뭘요?"

"우리가 처음 대화를 시작했을 때, 나는 내가 욕망하는 일들은 반드시 실행에 옮긴다고 알려드렸어요. 이미 20년 전에 벌어진 일이 그런 경우죠."

"묘지 한복판에서?"

"당신이 놀라는 게 그 행위입니까, 아니면 일이 벌어진 장소 때문입니까?"

"둘 다요."

"누군가를 강렬히 원했던 건 그때가 내 인생에 처음이었어요. 기회를 놓치기가 싫었어요. 나로서는 강간이 아니었으면 더 좋았겠지만."

"강간해놓고 그런 식으로 말하다니, 더 저질이군."

"당신 말이 맞아요. 그녀를 강간해서 정말 만족스러워요."

"말하는 어법을 바꾸라 했지 말의 의미를 바꾸라고 하지는 않았어요."

"의미를 바꾸지 않고선 어법도 바꾸지 못하죠. 그래요, 나는 전혀 후회하지 않아요."

"고양이 밥을 먹어치웠을 때는 죄의식에 시달렸다면서, 강간을 해놓고는 어떤 후회의 감정도 느끼지 못한다는 거요?"

"그래요. 고양이 밥 사건 때와는 달리 강간은 좋았거든요. 몽마르트르 묘지는 고딕 성당의 축소 모형 같은, 무덤 장식 석물로 넘쳐나요. 야윈 체형이라면 네 명 정도는 그 안에 쉽게 설 수 있을 정도죠. 공교롭게도 우리 둘은, 나는 살찐 체형이 아니었고, 그녀는 대꼬챙이처럼 말랐었으니 말해 뭐 하겠어요. 나는 묘지 가운데 하나로 그녀를 강제로 끌고 가서, 내 손으로 그녀의 입을 틀어막았어요."

"거기서 그녀를 강간했단 말이오?"

"아뇨. 그녀를 그저 숨겨놓았어요. 오후 5시 무렵이었죠. 묘지문을 닫을 시간만 기다리면 됐거든요. 그러잖아도 묘지 닫는 시간을 넘겨, 밤새 묘지 안에 갇혀 있으면 어떤 일이 일어날까 자문하곤 했었죠. 이젠 알아요. 나는 한 시간이 넘도록 희생 제물이 될 여자를 꽉 끌어안고 있었어요. 그녀가 발버둥 치긴 했지만, 근력이라곤 보잘것없었어요. 그녀의 공포심을 느끼며 황홀해했어요."

"내가 정말 이 얘기를 계속 들어야 하나?"

"당신에겐 벗어날 방도가 없으니 어쩌겠어요. 그녀도 벗어날 방도 없이 그랬어요. 묘지 관리자들이 미적거리는 사람들을 나가라 재촉하면서 지나가는 소리를 들었어요. 곧 죽은 시체들의 숨소리밖에는 남지 않더군요. 그제야 그녀의 입을 막고 있던 손을 떼었어요. 이제 소리를 지를 수 있겠지만, 소용없을 거라고 말해주었어요. 아무도 들을 사람이 없었기 때문이죠. 똑똑하게 상황 파악을 하고는, 그녀가 악을 쓰지 않더라고요."

"똑똑한 여자여서, 얌전하게 강간을 당하더라. 이런 얘기군."

"오 그건 아닙니다. 도망치려고 했거든요. 정말 빠르게 뛰더라고요. 무덤 사이로 부지런히 쫓아갔어요. 그런 상황이 난 너무 좋았어요. 마침내 그녀를 덮쳐 땅바닥에 쓰러트렸어요. 그녀가 극도로 공포감을 느끼고 있다는 걸 느꼈는데, 기쁘더군요. 10월이라 밤은 벌써 추웠어요. 깔린 낙엽

위에서 나는 그녀를 가졌습니다. 그때까지 나는 동정이었는데, 그녀는 아니었어요. 공기는 생생했고, 희생물은 반항해댔고, 장소가 멋졌고, 그래서인지 희생물은 정말 근사했어요. 나는 찬탄했죠. 얼마나 멋진 추억인지!"

"내가 왜 이 모든 개소리를 들어야 하죠?"

"새벽에 나는 다시 그녀를 성당을 축소한 조형물 가운데 한 곳에 숨겼어요. 관리인이 묘지의 문을 열고 사람들이 묘지의 오솔길로 걸어 다니길 기다렸죠. 그때에야 나는 그녀에게 우리가 함께 나갈 것이며, 만일 다른 사람에게 도와달라고 입이라도 뻥긋하면, 나는 그자를 박살 낼 거라고 말했어요."

"섬세하기도 하셔라."

"우리는 손을 잡고 묘지를 떠났습니다. 그녀는 마치 시체처럼 걷더군요."

"더러운 시체 성애자."

"아니죠. 그녀의 목숨은 살려두었으니까요."

"용감도 하시고."

"그렇게 묘지 밖 라셸 거리로 나오고서야 나는 그녀의 이름을 물었어요. 그녀가 내 얼굴에 침을 뱉더군요. 그래서 가래침이라고 부르기엔 그녀를 너무 사랑한다고 말했어요."

"낭만주의자시군."

"지갑을 뺏어서 열어봤더니 신분증 같은 게 없었어요. 신분증 없이 거리를 다니는 건 불법이라고 말해줬어요. 그러자 그게 마음에 안 들면 자기를 경찰서로 데려가라고 하더군요."

"그런 상황에서도 유머를 잃지 않는 아가씨라니."

"그녀가 어쩌자는 건지 알았어요."

"정말? 정신은 바짝 차리고 있었구려!"

"말씀이 좀 무례하다고 느껴집니다."

"그렇게 느끼셨나? 그렇다면 신경 쓰리다."

"그녀를 어디로 데려다주면 되겠느냐 물었습니다. 어디든 상관없다고 하더군요. 이 여자 웃기지 않아요?"

"그렇지, 이상하지, 자기를 강간한 사람과 공감하기를 거부하는 희생자라니."

"그럼에도 자신을 사랑하고 있다는 걸 알 수 있었을 텐데요!"

"당신이 그렇게 부드럽게 당신의 마음을 증명해 보였는

데 말이지.”

“그러다 기회가 생기자 그녀는 바로 뛰어서 달아나더군요. 이번에는 따라잡을 수 없었습니다. 그녀는 도시 속으로 사라졌어요. 그 뒤로 다시는 못 보았습니다.”

“저런. 아주 좋게 시작했던 참 예쁜 이야기인데.”

“그래도 난 사랑과 행복감에 좋아서 미칠 지경이었죠.”

“대체 어떤 이유로 행복하다는 감정을 가질 수 있었을까?”

“어떤 멋진 사건이 마침내 내게 생긴 겁니다.”

“어떤 멋진 사건이라니? 한심한 강간 같은 거 말이군.”

“당신의 의견을 요구하는 게 아니에요.”

“그럼 내게서 정확히 뭘 바라는 거요?”

“그냥 들어요.”

“그런 일이라면 정신과 의사들에게나 가야지.”

“공항에 가면 내 얘기를 들어줄 한가한 사람들이 넘쳐나는데, 왜 정신과 의사를 찾아갑니까?”

“귀머거리가 되느니 얘기를 들어주는 게 낫긴 하지.”

“그녀를 찾으려고 곳곳을 누비고 다녔어요. 처음에는 그녀가 다시 오지 않을까 하는 기대를 하며 몽마르트르 묘지에서 시간을 보냈어요. 하지만 오지 않았죠."

"거참 이상하네, 그렇게 고통을 당한 장소에 다시 와보고자 하지 않는 희생자라니."

"그 사건이 그녀에게 나쁜 기억으로 남은 거라고 믿을 정도였어요."

"지금 말한 게 진심이오?"

"네."

"그녀가 강간당하는 걸 좋아했을 수도 있겠다고 생각하다니 당신 어디 아픈 거 아뇨?"

"강간은 상대를 기분 좋게 하는 일이에요. 당신들을 위해 기꺼이 법의 틀 바깥으로 일탈할 수 있다는 걸 증명하니까요."

"법이라. 이 말만 입에 주워 담으시는군. 그렇다면 당신이 그 짓을 할 때, 이 불행한 여인이 생각했던 게 바로 그 법이란 걸 모르겠어요? 당신은 직접 당해봐야만 그걸 알 사람이지."

"나도 바라는 일입니다. 한데 아무도 그럴 생각이 없는 것 같아요."

"그야 그렇겠죠."

"내가 그렇게 추합니까?"

"그 정도는 아니지만. 그런데 문제는 그게 아니오."

"그럼 어디가 문제인가요?"

"사람들에게 당신이 어떻게 다가가는지 생각해본 적이 있으신가? 폭력 말고 다른 방식으로는 접근할 줄 모르는 거지. 당신이 간절히 원했던 첫 번째 여성은 강간을 하셨지. 그리고 예를 들면 나 같은 누군가에게 말을 걸고 싶을 때도, 무턱대고 들이대며 강요하시지. 나에게도, 조금은 덜 야비한 방식이긴 했지만, 결국 강간한 거나 마찬가지요. 당신은 누군가와 동의를 바탕으로 인간적인 관계를 가꿔볼 생각을 한 적은 전혀 없어요?"

"없습니다."

"아!"

"다른 사람의 동의라는 게 내게 무슨 의미가 있겠어요?"

"많은 의미가 있는데."

"부탁인데, 구체적으로 말해보세요."

"일단 시도해보슈. 그럼 알게 될 테니."

"너무 늦었어요. 내 나이 마흔입니다. 사랑에서 그렇듯 우정에서도 나는 아무도 기쁘게 한 적이 없어요. 나는 누군가에게 동료의식이라든가 희미한 공감대 같은 걸 준 적이 없어요."

"노력을 해봐야지. 매력을 가꿔보셔."

"왜 그런 노력을 해야 하죠? 나는 지금의 나로 만족해요. 나는 강간한 게 마음에 들었거든요. 당신이 내 말을 듣도록 하는 일도 마음에 들고요. 노력을 하겠다는 건, 자신의 운명에 만족하지 않아야 한다는 겁니다."

"그러면 당신에게 당한 사람들이 무슨 생각을 하는지는 아무 상관이 없단 말입니까?"

"마찬가지죠."

"걱정했던 대로군요. 당신은 공감 능력이 결여된 사람입니다. 어린 시절 오래 사랑받지 못한 사람들의 전형적 특징이죠."

"보세요. 당신이 지금 이렇게 날 알아주는데 왜 정신과 의사를 찾아가겠어요?"

"이건 기본적인 견해에 불과해요."

"실제로 부모님이 날 사랑하지 않았다고 생각해요. 내가 네 살 때 돌아가셨기 때문에 기억도 없어요. 게다가 두 분 모두 자살로 생을 마감했는데, 내 생각에 자식을 사랑한다면 자살할 것 같진 않아요. 어쨌거나 두 분은 거실 들보에 나란히 목을 맨 시체로 발견되었어요."

"왜 자살하셨을까?"

"설명할 게 없어요. 유서도 전혀 남기지 않았고. 할아버지 할머니도 왜 그랬는지 당최 이해를 못 하셨으니까."

"당신을 동정해야 할 것 같긴 한데, 그럴 마음이 들지는 않는군요."

"맞아요. 날 동정할 이유는 없습니다."

"강간범들에겐 토가 나올 뿐이라서."

"딱 한 번 강간했을 뿐입니다. 물론 그 한번 만으로도 나는 강간범이겠죠?"

"뭘 기대합니까? 강간범이란 호칭이 어느 정도 강간의 희생자를 채워야만 주어진단 뜻인가요? 이건 살인자라는 호칭을 붙이는 것과 같은데, 한 사람이라도 죽였다면 살인자인 겁니다."

"말이란 게 참 재미있어요. 사건이 벌어지기 일 초 전만 해도 난 평범한 사람이었는데, 그 일 초 뒤에는 강간범이 되어버렸으니까."

"그걸 재미있다고 여기는 자체가 끔찍해요."

"적어도 나는 말 그대로 충실한 강간범이었죠. 다른 어떤 여자를 강간하거나, 심지어 여자들 몸에 손조차 댄 적이 없으니. 내 생에서 성적인 관계는 그게 유일한 것이었어요."

"희생자 입장에서 그건 아무런 의미가 없어요."

"해줄 말이 그게 답니까?"

"당신 같은 정신병 환자가 성적인 생활을 누리지 못한다고 해서 놀랄 이유가 없으니까요."

"이런 금욕적인 삶이 당신에게는 낭만적이지 않은 모양이죠?"

"당신은 사람이 상상할 수 있는 가장 덜 낭만적인 유형이거든요."

"내 생각은 다르지만 상관없어요. 하던 얘기나 이어갈게요. 나는 몽마르트르 묘지라는 곳이 그녀가 가장 가고 싶지 않은 장소라는 걸 알고는 마침내 발길을 끊었어요. 그게 갈수록 나를 사로잡는 그녀를 찾아 파리를 헤매다니는 오랜 방황의 시작이었습니다. 구와 동으로, 거리와 전철역마다 체계적으로 도시를 누비고 다녔어요."

"모래 해변에서 바늘 찾는 격인데."

"그러면서 몇 년이 흘렀습니다. 늘 그래왔듯 얼마 안 되는 유산으로 근근이 살았어요. 먹고 자는 비용 말고는 지출이 전혀 없었죠. 오락거리도 전혀 필요 없었어요. 자는 시간을 빼면 파리 시내를 걷는 일 말고 달리 할 게 없었으니까."

"경찰에 쫓기진 않은 모양이구먼?"

"아뇨. 내 생각에 그녀가 경찰에 신고하지는 않았어요."

"아이고 저런!"

"그리고 이게 참 모순인데, 범죄자가 쫓기는 게 아니라 그 범죄의 희생자를 찾아다니는 셈이 되었잖아요."

"그 여자는 왜 찾아다닌 거요?"

"사랑하니까요."

"어떤 사람들이 사랑이라고 부르는 걸 보고 있으면, 구역질이 나기도 합니다."

"조심해요. 당신이 계속 이런 식으로 나오면, 사랑에 관한 논설을 들어야 할 수도 있으니까요."

"아니, 그것만은 참아주시오."

"이번만은 그냥 넘어가기로 하죠. 지금부터 십 년 전, 그러니까 강간 사건이 있고 십 년이 흐른 뒤, 좀 특별한 핫도그를 먹으며 파리 20구를 걷고 있었는데, 메닐몽탕 대로에서 뭘 본 줄 아십니까? 그녀예요! 의심할 바 없이 그녀였어요. 수천 명의 여성 사이에 있더라도 나는 그녀를 알아보았을 겁니다. 강간 같은 갑작스럽고 거친 성적 행위를 나누면 특별한 관계가 생겨나거든요. 십 년 세월은 그녀를 더욱 아름답고 우아하며 매혹적으로 만들었을 뿐입니다. 바로 그녀를 뒤따르기 시작했어요. 그런데 뭐랄까요, 십 년이나 사막을 헤매던 끝에 꿈에 그리던 여인을 다시 발견한 순간이 하필 겨자를 잔뜩 바른 뜨거운 소시지를 게걸스럽게 먹던 중이었다니 꽤나 재수 없는 거겠죠? 난 소시지를 먹어가며 그녀를 따라갔습니다."

"거 소시지를 버리지 그랬어요."

"미쳤어요. 당신은 결국 메닐몽탕 대로에서 파는 핫도그가 어떤 맛인지 모른다는 걸 드러내는군요. 뱉을 수 없는 매력적인 맛입니다. 만일 내가 그걸 뱉어버렸다면, 난 꿈꿔오던 그녀에게 보상을 바라게 되고 내 사랑은 덜 순수해졌을 테죠. 별생각 없이, 소시지를 먹지 못한 걸 원망했을 것 같아요."

"그 놀라운 심층적 심리분석은 넘어갑시다."

"이런 말을 할 수 있는 솔직한 사람은 나밖에 없어요."

"브라보. 자 다음으로 넘어가자고요."

"거 봐요, 내 얘기에 빠져들고 있잖아요. 당신이 조만간 이리될 줄 난 잘 알고 있었어요. 그러면 내 사랑이 어떻게 나올지도 가늠이 됩니까?"

"핫도그를 사 먹나?"

"아뇨! 핫도그 상인은 페르 라셰즈 묘지 맞은편에 있었는데, 그녀는 반대인 묘지 쪽으로 들어갔거든요. 그녀가 몽마르트르 공동묘지에 학을 떼게 했으니, 다른 묘지로 갈 수도 있다는 걸 생각했었어야 했는데 말이죠. 강간을 당한 일로 묘지에 대한 고상한 취향까지 버리지는 않았던 모양입니다. 몽파르나스 묘지는 너무 보잘것없어서 그녀가 페르 라셰즈 묘지를 택했던 것 같은데, 사람들만 북적대지 않으면 페르 라셰즈가 고상하거든요."

"그 점이 거기서 강간 범죄를 저지르기 훨씬 어렵게 만드는 거고."

"그렇죠. 그런데 공동묘지에서조차 더 이상 자신의 충동을 해소할 수 없다면, 우리는 어디로 가야 합니까?"

"다 집어치워야지, 이 양반아."

"난 묘지 사이로 그녀를 따라갔어요. 옛 추억이 떠올랐습니다. 그녀가 오르막길로 접어들었어요. 사방을 경계하는 동물적 감각이 묻어나는 그녀의 걸음걸이는 경탄스러웠어요. 마침 핫도그를 다 먹어치웠을 즈음 그녀를 따라잡았어요. 심장이 터질 듯이 뛰었습니다. 말을 건넸어요. '오래간만입니다! 날 알아보겠어요?' 그녀는 아니라고 답하면서 예의 바른 태도로 미안해했습니다."

"당신을 못 알아보다니 어떻게 그게 가능하지? 십 년 세월에 당신이 그토록 변했나?"

"나야 모르죠. 내 모습을 많이 들여다보질 않았어서. 하지만 짐작하시다시피 그녀가 보여준 반응이 못 믿을 것도 아니에요. 강간범에 대해 뭘 기억하겠어요? 얼굴을 꼭 기억해둬야 하는 것도 아니고. 어쨌거나 애정을 듬뿍 담아 그녀를 바라보았더니 내가 꽤나 편해 보였던 모양입니다. 그녀가 날 보고 웃었어요. 그 미소라니! 가슴이 터져나가는 느낌이었어요. 우리가 어디서 만나 적이 있느냐고 내게 묻더군요. 그 질문에 대해 나는 수수께끼를 내는 척했습니다. 그러자 그녀가 '남편과 자주 외출하는데, 마주친 사람들 얼굴을 잘 기억하지는 못해요'라고 하더군요."

"그 여성이 결혼을 했군."

"우린 이런저런 얘기를 나눴어요. 그녀는 아주 우아하

게 자신의 수줍음을 열고 나오더군요. 가장 웃겼던 건, 내가 그녀의 이름을 모르고 있었다는 점입니다. 심지어 그녀가 내 이름을 가늠해보려 했을 때도, 나는 그녀의 이름을 물어보려는 생각조차 하지 않았던 거예요. 마침내 그녀가 이러더군요. '수수께끼는 포기해야겠어요.'"

"그래서 그 불쌍한 여자에게 뭐라 하셨나?"

"텍셀. 텍스토르 텍셀입니다."

"그럼 그렇지."

"그녀가 '어떤 분인지 기억에 없네요' 하면서 다시 사과를 했어요. 그래서 네덜란드 사람이라고 덧붙였죠. 그녀는 여전히 예의를 갖춘 매력적인 모습으로 내 말에 귀를 기울여주더군요."

"그녀도 당신의 그 얘기를 다 들어야 했을까요? 고양이들 줄 밥을 처먹은 거며, 학급 친구의 죽음과 장세니즘? 그 불쌍한 여자에게 아무것도 빼놓지 않고서 다."

"아뇨. 기적이 일어났거든요. 그녀가 뭔가 떠오르는 게 있다는 듯이 '아하, 텍셀씨. 암스테르담의 한 레스토랑에서였죠. 남편이 업무상 나가는 점심 자리에 제가 따라 나갔었죠.' 그녀의 남편이 업무상 점심 약속 갖는 걸 생각하며 좀 여겨웠지만 그녀를 안심시킬 뜻하지 않은 기회를 흘려보내지는 않았습니다."

"자신을 강간한 쓰레기를 잊을 수 있다니 믿기 어려운 얘기군요."

"기다려봐요. 그녀는 리에브인가 하는 이름의 내 아내가 잘 있는지 묻더군요. 벌써 서너 해 전의 그 점심 식사 때 아내가 자기 마음에 들었다면서요. 나는 얼떨결에 아내는 잘 있으며 그 뒤로는 파리에서 나와 함께 지낸다고 답했죠."

"거참 웃기는 얘기군요."

"그러더니 다음 날 오후에 자기 집에 와서 차를 마시자고 나와 아내를 초대하더라고요. 생각해보세요. 강간 피해자에게서 차를 마시자는 초대를 받다뇨! 하도 말이 안 되는 상황이라 나는 덥석 받아들였어요. 업무상 맺은 관계의 좋은 면이, 그녀가 내게 자신의 주소를 알려줬다는 겁니다. 이미 알고 있으리라 여겼는지 자신의 이름은 빼고서요."

"그래서 집에 갔겠군요?"

"네, 그날 밤 한숨도 못 자고 갔죠. 다시 그녀를 보니 얼마나 행복하던지, 신중해야 한다는 생각은 꿈에도 없었습니다. 게다가 우리가 자주 누군가의 이름과 정체를 알아낼 때 그러듯, 아파트 문에 그녀의 이름이 적혀 있으리라 기대를 했습니다. 그런데 다음날 가보니 초인종 옆에는 아무 이름도 없더군요. 그녀가 문을 열었는데, 처음 환했던 얼굴이 어두워졌어요. '리에브와 같이 오시지 않았군요!' 하길래, 아내가 아프다고 했어요. 그녀는 날 거실에 앉도록 하더니 마실 차를 준비하러 갔어요. 보니 따로 하녀를 두고 있진 않아서 나로서는 아파트에 그녀와 단둘이 있게 되어 잘 됐다는 생각이 들었습니다."

"다시 강간할 생각으로?"

"너무 완벽하게 이뤄진 일을 다시 되풀이해서는 안 되죠. 실망할 뿐이니까. 뭐 그녀가 제안을 했다면 또 모르지만……"

"그런 경우라면 강간이 아니겠죠."

"당연히 그렇죠. 짐작하시겠지만 내 짧은 경험으로 보아 상대가 섹스에 동의를 하면, 그 섹스는 싱거운 놀이 같은 게 될 거라는 생각이 직관적으로 들더군요."

"이 분야에 권위를 가진 사람처럼 말하시네."

"내 입장이 되어보세요. 살면서 딱 한 번 여자와 잤는데, 그게 강간이었어요. 그러니 섹스에 대해 아는 거라곤 폭력적이라는 것뿐이죠. 거기서 폭력을 빼보세요. 뭐가 남겠어요?"

"사랑, 환희, 관능……"

"모두 나긋나긋한 것들이죠. 난 평생 타바스코같이 자극적인 것만 먹고 살았는데 당신은 내게 부드러운 쌀과자를 권하는 셈이군요."

"아니, 난 아무것도 당신에게 권하지 않아요."

"그녀도 그랬어요, 아무것도 내게 권하지 않았거든요."

"질문에 대한 답이 되었군요."

"사실 얌전하고 매력적인 희생자가 자신의 예쁜 거실에서 가해자에게 대접하는 차를 마신다는 건 우스꽝스러웠어요. '좀 더 드시겠어요, 텍셀씨?' '텍스토르라고 이름을 불러주세요.' 우리는 이러며 점잖게 대화를 나눴어요. 그러면서도 난 그녀의 얼굴을 훑어보며 관능적으로 즐겼어요."

"그녀가 당신을 알아보지 못하다니, 믿어지질 않아요."

"계속 들어보세요. 그러던 어느 순간, 그녀가 웃긴 얘기를 해서 난 웃었어요. 껄껄대며 목이 울리도록 웃었어요. 바로 그 순간, 그녀의 낯빛이 변하는 걸 봤어요. 집중하듯 눈길이 내 손에 머물더니 마치 그 손을 알아보는 것 같았어요. 내 웃음이 남달랐던 모양이에요."

"전에 그녀를 강간할 때, 너무 좋은 나머지 그렇게 웃었던 모양이죠."

"맞아요, 행복의 절정이었으니까요. 그녀가 차가운 목소리로 이렇게 말하더군요. '당신이로군요.' 나도 답했어요. '맞아, 저예요. 나를 잊지 않았다니 위로가 되는군요.' 증오와 공포가 뒤섞인 눈길로 그녀는 날 오래도록 뚫어져라 보았어요. 그렇게 끝나지 않을 것 같은 침묵이 흐른 뒤 그녀가 다시 말했어요. '맞아, 바로 당신이야.' 나도 말했어요. '이 묘지에서 저 묘지로 옮겨오는 데 십 년 세월이 흘렀습니다. 그동안 당신을 생각하지 않은 적이 없었어요. 지난 십 년 당신을 찾아다니느라 내 생을 다 바쳤어요.' 그녀가 얘기했어요. '나는 지난 십 년 내 기억에서 당신을 지워내느라 내 생을 온통 다 써버렸어요.' 내가 말했죠. '잘 되진 않은 것 같군요.' 그녀가 답했죠. '얼굴을 지우는 데는 성공했는데, 당신의 그 역겨운 웃음이 내 기억을 들쑤셔 되살려놓았어요. 당신을 깨끗이 지워버리고자 당신에 대해서나 내게 벌어진 일에 대해 그 누구에게도 털어놓지 않았는데.

그새 나는 결혼을 했고, 당신이 처박아놓은 그 미친 상태에서 날 지키기 위해 정상적으로 살고자 무진 애를 썼다고요. 이제 막 나아가던 순간이었는데 대체 무슨 이유로 내 삶에 다시 나타나야만 한 건가요?'"

"그건 맞네. 대체 왜 나타난 거요?"

"내가 말했죠. '사랑해서요.' 그녀가 토하려고 했어요."

"그 상황 이해하고도 남죠."

"난 말했어요. '당신을 사랑해요. 당신 말고는 그 어떤 여자에게도 손을 대거나 갈망한 적이 없어요. 나는 생에 단 한 번 사랑을 나눴는데, 그건 바로 당신과의 사랑입니다.' 그녀는 그건 사랑을 나눈 거라 할 수 없다더군요. 내가 말했죠. '난 머릿속으로 늘 당신에게 말을 하고 있었어요. 그러니 이제 내 물음의 답을 들을 수 있겠죠?' 그녀가 거절하더군요. 그리고는 나가라고 하더라고요. 물론 나는 따르지 않았어요. 그리고 이렇게 말했어요. '안심해요, 당신을 다시 강간하는 터무니없는 일은 일어나지 않을 테니까요.' 그녀가 말하더군요. '물론 당신이 날 강간한다는 건 말도 안 돼요. 여긴 묘지가 아니라 내 집이니까요. 저기 있는 칼을 써야 하는 상황이 온다면 나는 주저하지 않을 거예요.' 그래서 내가 말했어요. '바로 그것 때문에 내가 여기 온 겁니다.'"

"뭐?"

"그녀도 당신 같이 반응하더군요. 내가 말했어요. '나는 두 가지 이유에서 당신을 다시 보고 싶었어요. 먼저 하나는 당신의 이름을 알고자 하는 거였고, 다른 하나는 당신이 복수할 수 있도록 하기 위해서예요.' 그녀가 말하더군요. '당신은 그 어떤 것도 이룰 수 없어요. 나가요.' 나는 내가 치러야 할 것을 치르지 않고서는 나가지 않을 거라 했어요. 그녀는 내가 치를 건 아무것도 없다고 하더군요. 내가 말했죠. '그럼 복수하고 싶은 생각이 없단 거요?' 그녀가 말했어요. '이 세상의 온갖 불행이 당신의 몫이 되길 바라지만, 난 그 일에 끼고 싶은 생각이 없어요. 당신이 내 삶에서 영원히 사라지길 원해요.' 그래서 내가 말했죠. '결론적으로 나를 죽이는 일이 당신에게 보탬이 되는 거 아닌가요? 이번에야말로 당신 삶에서 사라질 테니 말이죠.' 그녀가 말했어요. '당신을 죽이는 일은 내게 어떤 도움도 안 되며, 그래 봐야 나중에 법적 문제로 갖은 성가신 일을 겪어야 하기 때문에 오히려 당신을 내 삶에 더 확실하게 새겨넣는 꼴이 될 거예요.'"

"그 여잔 왜 경찰을 부르지 않았을까?"

"그러려고 했어도 내가 내버려 두지 않았을 겁니다. 무엇보다 그녀는 그럴 마음이 없는 것 같았어요. 왜냐면 지난 십 년 경찰에 신고할 수 있었는데도 그러지 않았으니까요."

"그러니까 왜?"

"기억에서 아예 벗어나려는 마음으로 아무에게도 강간 당한 걸 말하길 원하지 않았던 거죠."

"그런데 강간범이 다시 앞에 나타났으니 자신이 실수했단 걸 알아야 했을 텐데."

"나 또한 그렇게 모자란 정의는 원치 않았습니다. 나는 그녀 스스로 나를 죽이는 정의, 그녀 자신이 직접 행하는 어떤 정의를 원했던 거니까요."

"그녀가 당신을 죽여주길 원했단 겁니까?"

"맞아요, 그게 필요했어요."

"돌아도 단단히 돌았군."

"난 그렇게 생각 안 해요. 어떤 사람이 돌았다는 건, 나로서는, 그의 행동거지를 설명할 수 없다는 뜻입니다. 그런데 나는 나의 모든 행동을 당신에게 설명할 수 있거든요."

"그럴 수 있는 건 당신뿐이지."

"그걸로 충분합니다."

"속죄하려고 그렇게 죽는 게 필요했다면, 왜 자살하지 않았어요?"

"그런 낭만적인 짓거릴 하다뇨? 무엇보다도 나는 그냥 죽는 게 아니라, 죽임을 당하는 걸 필요로 했어요."

"마찬가진데."

"그렇다면 다음번에 당신이 사랑을 나누고자 할 때, 누군가 이렇게 말할 겁니다. '자위를 하시죠. 결과는 마찬가지죠.' 그리고 내가 속죄하려고 했다는 근거가 뭐죠? 그건 내 생에서 그런 소릴 들을 유일한 행위인 그 강간에 대해 마치 내가 후회하고 있단 듯이 들려요."

"뉘우치는 마음이 없었다면서, 왜 그녀가 당신을 죽여주길 바란 거요?"

"그녀도 자기 몸을 맡아주길 바랐던 거죠. 사랑하는 사람들이라면 서로에게 원하는 것을 나도 원했던 겁니다. 주고받는 일 말이에요."

"이런 경우라면 그녀가 당신을 강간해주길 바라는 게 보다 논리적인지 않을까 싶은데?"

"물론이죠. 하지만 불가능한 일이잖아요. 그걸 바랄 수는 없었습니다. 따라서 그녀 손에 죽는 게 대체 가능한 해답이었던 거죠."

"마치 섹스와 살인 사이에 등가관계라도 있었다는 것처럼 말씀하시는데 턱도 없는 소리요."

"아주 뛰어난 학자들이 확인해주는 얘기인데요."

"정말 최악인 건, 당신은 제정신이 아닌 상태에서도 시건방을 떤다는 겁니다."

"어찌 되었든, 그녀가 날 죽이길 원치 않았기 때문에, 우리 얘기는 공헌한 소리인 셈이에요. 죽여달란 주장을 덜 한 것도 아니었어요. 온갖 논리를 끌어와 그녀를 설득했거든요. 다 거절하더라고요. 그래서 마지막엔 종교적 신념 때문에 복수를 못 하는 게 아닌가 묻기까지 했어요. 신앙은 없다더군요. 그래서 말했죠, '신앙이 없다면 우리는 원하는 걸 할 수 있는 자유인이에요.' 그녀가 말하더군요. '내가 원하는 건 당신을 죽이는 일이 아니에요. 나는 당신이 영원히 감옥에 갇혀, 남을 해칠 수 없는 상태에서, 같은 감방의 재소자들에게 곤욕을 치르길 원해요.' 내가 말했어요, '왜 당신 자신이 그 일을 직접 맡으려 들지 않죠? 그 욕망을 왜 다른 사람들에게 떠넘기는 겁니까?' 그녀가 말하더군요. '나는 그런 폭력적인 기질의 사람이 아니에요.' 내가 답했어요. '실망입니다.' 그녀가 말했어요. '당신이 실망했다니 만족스러워요.'"

"당신이 자꾸 '내가 말했다…… 그녀가 말했다…… 또 내가 말했다…… 그녀가 말하더라……' 이렇게 반복해대니 어지러워."

"창세기에서 선악과를 따먹은 사건이 있은 뒤 하느님께서 아담에게 자초지종을 물었을 때, 그 비겁한 놈이 아내의 행동을 고해바치며 이렇게 말합니다. '내가 말했고… 그녀가 말했고…' 불쌍한 이브 같으니라고!"

"이번에는 우리가 같은 의견이군."

"당신이 상상하는 것 이상으로 우리는 의견일치를 보고 있어요. 내가 말했죠. '그럼 당신은 뭘 하겠어요?' 그녀가 말하더군요. '영원히 없어져 버려요.' 내가 말했죠. '이렇게 헤어질 수는 없어요!' 그녀가 말하더군요. '그럴 수 있고 그래야 해요.' 그래서 말했죠. '말이 안 돼요. 그러기엔 난 당신을 너무나 사랑합니다. 뭔가가 더 있어야 해요.' 그녀가 말했어요. '당신의 바람 따윈 미친개나 물어가라죠.' 내가 말했죠. '그렇게 말해선 안 돼요. 점잖지 못해요.' 그녀가 웃더군요."

"그러고도 남죠."

"내가 말했어요. '날 실망하게 하는군요,' 그녀가 말하더라고요. '여전히 잘난 척이군요. 날 강간해 놓고 또 나더러 당신 기대에 맞추라는 건가요?' 내가 말했죠. '그럼 날 죽이는 일을 내가 도와주는 건 어때요? 보면 알겠지만, 난 아주 협조적일 거예요.' 그녀가 말했어요. '그럴 생각 전혀 없어요. 그만 떠나요.' 내가 말했죠. '아까 당신에게 칼이 있다고 했는데, 어디 있어요?' 대답하지 않더군요. 난 부엌으로 가서 큰 칼을 찾아 들었어요."

"그녀는 왜 도망치려 하지 않았을까요?"

"내가 한 손으로 그녀를 붙잡고 있었거든요. 그리고는 다른 손으로 그녀 손에 칼자루를 쥐여주었어요. 나는 칼날이 내 배를 향하도록 하고는, 말했어요. '자 이제 찔러요.' 그녀가 말했어요. '꿈 깨요. 그러면 당신이 너무 만족해할 거잖아요.' 내가 말했죠. '나를 위해 하지 말고, 당신을 위해서 해요.' 그녀가 말하더군요. '다시 말하지만, 그럴 생각 전혀 없어요.' 내가 말했어요. '그럼 하고 싶은 마음 없이 그냥 해요, 내 마음에 들도록.' 그녀가 비웃더군요. '당신에게 기쁨을 주느니 차라리 내가 죽어버리고 말죠.' 내가 말했어요. '조심해요, 당신 말을 곧이곧대로 믿을 수도 있으니까.' 그녀가 말했어요. '당신 같은 미치광이는 두렵지 않아요.' 내가 말했어요. '이 칼은 쓰여야만 해요, 그걸 알고 있어요? 피가 뿌려져야 한다고요, 이해하겠어요?' 그녀가 말했죠. '아무것도 하지 않을 거예요.' 내가 말했어요. '해야만 해요!' 그러고는 그녀에게서 칼을 빼앗았어요. 순간 그녀가 상황을 깨달았지만 이미 너무 늦었죠. 막아보려 애쓰더군요. 소용없었어요. 다부진 사람이 아니었으니까. 나는 칼날을 그녀의 배에 찔러 넣었어요. 비명을 지르지는 않더라고요. 난 말했어요. '당신을 사랑합니다. 난 당신의 이름을 알고 싶었을 뿐이에요.' 그녀는 비죽거리듯 웃으며 이렇게 중얼거리더니 쓰러졌어요. '당신은 사람 이름을 참 이상한 방식으로 묻는군요.' 아주 교양 있게 죽어가는 여자였습니다. 내가 말했어요. '자 어서 이름을 말해요!' 그녀가 말하더군요. '차라리 죽겠어요.' 이게 그녀의 마지막 말이었습니다. 난 화가 나서 칼로 그녀의 가슴을 난도질했습니다. 하지만 그녀는 더 이상 고통을 느끼지 못했으니 그녀가 결국

이긴 거죠. 그녀의 이름을 부를 기회를 없애고 죽었던 것입니다.”

잠시 침묵이 흘렀다. 제롬 앙귀스트는 머리를 한 방 얻어맞은 것 같았다. 텍스토르 텍셀이 다시 말을 이었다.

“나는 그 칼을 들고 자리를 떴습니다. 원한 것은 아니지만 완전 범죄를 저지른 거였어요. 그 희생자 말고는 아무도 내가 오는 걸 보지 못했으니까요. 날 찾아낼 만큼의 충분한 흔적을 남겨놓지도 않았던 게 맞아요. 그 증거가 바로 내가 여전히 자유롭게 지내고 있다는 사실입니다. 그런데 사건이 있은 다음 날, 신문을 보다가 마침내 내 물음에 대한 답을 찾았어요. 내가 알고 있던 그 아파트에서 사람들이 이자벨이란 여성의 시체를 발견했으니까요. 이자벨! 나는 정말 기뻤어요.”

다시 침묵이 흘렀다.

“나는 그녀를 누구보다도 잘 알았던 거예요. 그녀를 강간한 일만으로도 이미 그녀를 꽤 아는데, 그녀를 죽이기까지 했으니까요. 누군가를 내밀하게 알아가는 최고의 방법인 살인 말입니다. 하지만 그것만으로는 퍼즐의 결정적 한 방이 부족했어요. 그녀의 이름이죠. 그 간극이 나로선 참을 수 없었어요. 십 년 동안 나는 자신의 생애에 의미를 주었을 수도 있는 결정적인 어떤 책, 어떤 위대한 작품에 붙들려 있으면서도, 그 작품의 이름은 알지 못했을 독자와 같은 상황에 처해 있었던 겁니다."

침묵.

"그러다 마침내 그 찬탄해 마지않던 작품의 제목을 발견했던 거예요. 그녀의 이름 말입니다. 얼마나 매력적인 이름인지! 고백하건대 그 몇 년 동안 나는 내 머릿속을 떠나지 않은 그 여성이 산드라나 모니크, 레이몽드 또는 생디 같은 이름을 가졌으면 어쩌나 하고 두려워했었거든요. 그런데 오호, 정말 멋지게도 그녀는 매혹적이고 음악적이며 사랑스러운, 마치 솟아나는 샘물처럼 맑은 이름을 갖고 있는 겁니다. 불행했던 작가 뤽 디트리히가 말한 바 있듯이, 이름은 이미 뭔가 의미를 갖고 있어요. 사랑하는 여자의 이름 말고는 모를 때에도 사람들은 이미 충분히 사랑을 느끼며 다가가거든요. 그에 견주면 나는 그녀의 이름과 섹스 그리고 죽음까지 알고 있었던 거잖아요."

"당신은 그걸로 누군가를 안다고 말하는 겁니까?"

앙귀스트는 엄청난 증오의 감정을 담아 말했다.

"아는 걸 넘어 누군가를 사랑한다고 말하고 있는 겁니다. 이자벨은 누구보다 많이 사랑받고 이해받았어요."

"당신에게 받은 건 아니죠."

"내가 아니라면, 대체 그녀가 누구에게서?"

"이 정신 나간 양반아! 누군가를 아는 것은 그와 함께 살고 이야기하며 같이 잠을 자는 일이지, 그 누군가를 파멸시키는 게 아니라는 생각은 왜 못합니까?"

"오랄라, 우리 함께 위대하고 심각한 통념에 따르자는 거군요. '사랑한다는 것은 함께 같은 방향을 바라보는 일이다.' 당신의 다음 답은 이거겠네요."

"닥치시오!"

"제롬 앙귀스트씨, 대체 무슨 일이죠? 이렇게 흥분하시다니!"

"잘 아시는군."

"폼 잡지 말아요. 그 살인에 대한 세세한 얘기는 아직 당신에게 들려주지 않았으니, 행복한 줄이나 아시라고요. 에잇, 사람 하나 죽여본 적 없는 인간이 예민하게 유난 떨고 난리야!"

"1989년 3월 24일이 성금요일인 건 알고 있었나요?"

"나는 당신이 무신론자인 줄로 알고 있었는데, 아닌가요?"

"나는 무신론자지. 당신은 아니고. 한데 내 생각에 당신이 그 거사 날을 우연히 고르지는 않은 것 같은데요."

"맹세코 우연이에요. 이런 우연의 일치란 있는 법이니까요."

"나는 그런 짓을 저지르는 개망나니들이 미신에 사로잡혀 있다고 확신했었거든요. 어쨌거나 지금 내가 당신 멱살을 움켜잡지 않는 이유가 뭔지 나도 모르겠어요."

"벌써 십 년 전에 죽은, 알지도 못하는 여인의 운명이 어째서 당신에게 그렇게 중요한가요?"

"소설 그만 쓰시고. 대체 언제부터 내 뒤를 따라다니기 시작한 겁니까?"

"대단한 자아도취로군요! 내가 당신을 따라다녔다니!"

"처음에는 당신이 자기 즐겁자고 아무나 붙들고 괴롭혀대는 이야기가 마치 그 사람들의 잘못이라도 되는 것처럼 나더러 믿게 만들려고 했어요."

"그건 진실이에요."

"그렇지. 그렇다면 그 아무나란 늘 당신이 아내를 죽여버린 바로 그 남자들 아니요?"

"저런? 그럼 당신이 이자벨의 남편이었어요?"

"모르는 척하고 나자빠지시네!"

"우연히 일치하는 일들이 있다고 내가 이미 말했었잖아요!"

"집어치워요! 이미 십 년 전에 당신은 내 삶의 의미와도 같은 소중한 여인을 죽였습니다. 그리고는 이 살인뿐만 아니라, 내가 전혀 몰랐던 이십 년 전의 강간 사건까지 내게 알려줌으로써 날 완전히 파괴할 방도를 찾아낸 거고."

"사람이란 이렇게 자기중심적이라니까! 당신이 이자벨을 좀 더 잘 살펴봤더라면, 이자벨이 당신에게 감춰왔던 것들을 알 수 있었을 텐데요."

"아내에게 뭔가 아픈 사연이 있다는 것은 알고 있었는데. 하지만 그녀가 그걸 말하고 싶지 않아 했어요."

"당신에게도 그편이 좋았겠죠."

"난 당신에게서 무슨 도덕적 교훈을 얻을 이유가 없어요."

"당신이 스스로를 속이는 지점이 바로 거기에요. 적어도 나는 용기 있게 행동했어요."

"아 그렇지. 강간, 살인, 그리고 무엇보다 한 가냘픈 젊은 여성의 남편에게 들려주는 그 꽤나 용기 있는 짓거리들이 있지."

"그러는 당신은 내가 이자벨을 죽이고 강간했단 사실을 알면서도 아무런 행동도 못 하고 있잖아요."

"내가 뭘 하길 바라시나?"

"불과 몇 분 전만 해도 내 멱살을 움켜쥐고 목을 꺾겠단 말을 했었잖아요."

"그걸 바라시나?"

"네."

"당신에게 그런 기쁨을 줄 순 없지. 나는 경찰을 부르겠어요."

"비겁해! 불쌍한 이자벨! 애초부터 당신은 이자벨을 차지할 자격이 없었어요."

"이자벨이야말로 강간당하고 죽을 이유가 없었어요."

"적어도 나는 내 행동을 일관되게 끝까지 밀어붙일 겁니다. 그런데 당신은 할 수 있는 게 고작 경찰을 부르는 일입니다. 대리인을 통한 복수라니 비겁하게!"

"나는 이자벨의 선택에 동의하니까."

"위선자! 이자벨은 희생자였으니까 나를 벌하지 않을 권리가 있었어요. 당신에게는 그 선택의 자유가 없어요. 희생자만이 용서할 수 있는 겁니다."

"어떤 경우에도 당신을 용서하겠다는 게 아닙니다. 사법적 처벌 대상이 되지 않겠단 뜻이지."

"그거야말로 자신의 비겁함을 뒤에 숨긴 잘난 시민들의 그럴듯한 궤변이죠."

"당신은 이미 내 생을 파괴했어요. 그런데 당신의 그 잘못 때문에 내 남은 생마저 감방에서 보낸다는 건 말이 안 되지."

"아주 계산적이군요. 위험 부담은 전혀 지지 않겠다. 이지벨, 당신은 정말 열정적으로 당신을 사랑한 남자와 결혼했던 거군요!"

"나는 사형 반대론자요."

"이런 한심한 멍청이! 지금 사랑에 대해 말하는 중인데, 시사 토론에 나온 듯이 답하고 있잖아요."

"사형제에 반대할 수 있으려면 당신이 생각하는 것 이상으로 용기가 필요합니다."

"이런 바보 같은 양반이 있나, 누가 지금 당신에게 사형

제에 대해 말해요? 당신이 절도 범죄를 반대한다 치자고요. 그렇다고 달러가 가득 든 트렁크를 우연히 주웠는데, 그것을 가져가지 않을 정도로 멍청하진 않을 겁니다. 기회를 잡아야죠, 이 매가리 없는 양반아!"

"그건 비교할 이유가 없지. 당신을 죽인다고 내 아내가 살아 돌아오진 않으니까."

"하지만 당신 속에 말없이 깊숙하게 숨어 있는 욕구는 만족시킬 테니, 위안은 줄 수 있겠죠!"

"아니."

"당신의 혈관 속엔 대체 뭐가 흐릅니까? 붉은 피 대신 멀건 허브티가 흘러요?"

"당신과 말씨름할 이유가 전혀 없어요. 나는 경찰을 부르러 갈 테니."

"그럼 당신이 돌아올 때까지 내가 여전히 여기 있을 것 같아요?"

"나는 시간을 갖고 당신을 지켜봤으니. 아주 구체적인 인상착의를 경찰에 전하겠어요."

"내가 잡혔다 칩시다. 당신 의견으론, 대체 무슨 일이 벌어질 것 같아요? 날 잡아넣기엔, 내가 한 얘기뿐인데. 당신 말고는 아무도 그걸 들은 사람이 없고. 난 경찰에게 그 얘길 다시 들려줄 생각이 없으니. 결론적으로, 당신은 할 수 있는 게 없어요."

"십 년 전 남긴 흔적들이 증거죠."

"내가 남기지 않았단 걸 잘 아시면서."

"범행 현장엔 아마도 머리카락이나 눈썹 한 올이라도 당신과 관련된 뭔가가 남아 있었을 겁니다."

"십 년 전에는 DNA 검사 같은 게 없었어요. 그러니 애쓰지 말아요. 난 경찰에 붙들리고 싶진 않고 그런 일이 벌어질 가능성은 전혀 없어요."

"당신이 이해가 안 가요. 처벌받길 필요로 하는 것 같은데, 왜 공권력에 의한 합법적 처벌은 안 되나요?"

"그런 법률적 정의를 믿지 않으니까요."

"유감이군요. 달리 방도가 없으니."

"한 가지 다른 방도가 있어요. 날 화장실로 데려가서 내 생을 끝내버리는 겁니다."

"하필 왜 화장실?"

"당신이 경찰에게 잡히고 싶지 않아 하는 것 같아서요. 거기서는 얼마든지 다른 사람들 모르게 날 죽일 수 있으니까."

"화장실에서 당신 시체가 발견된다면, 이미 우리가 한참 대화를 나눈 모습을 본 수많은 증인이 나설 겁니다. 내게 그리 대놓고 시끄럽게 다가왔으니."

"당신이 이 일의 실현가능성을 가늠하기 시작하는 걸 보니 기쁘군요."

"당신의 계획이 부질없다는 걸 더 잘 보여주려고 할 뿐입니다."

"당신이 소임을 쉽게 마칠 수 있도록 도와줄 한 가지 조건을 잊고 있어요. 그건 내가 당신에게 어떤 저항도 하지 않을 거란 사실입니다."

"그래도 이 일에서 이해할 수 없는 요소가 하나 있는데, 왜 내가 당신을 없애주길 바라는 거죠? 그런다고 당신이 거기서 얻어야 할 게 뭔데?"

"몇 분 전에 당신 입으로 얘기했잖아요. 내가 처벌을 필요로 한다고."

"바로 그 점을 이해하지 못하겠다는 거요."

"이해할 게 전혀 없어요."

"그거 흔한 일이 아니에요. 이 지구상에는 당신과 달리 처벌을 피하려는 범죄자들이 득시글한데. 내게는 그런 태도가 더 논리적인 것 같고."

"그건 그들이 죄의식을 느끼지 못하기 때문이죠."

"당신도 좀 전에 내 아내를 강간한 일에 대해 어떤 회한도 갖지 않는다고 했어요."

"정확해요. 왜냐하면 내게 즐거움을 주었으니까요. 반면에 그녀를 죽인 일은 혐오했어요. 참기 어려운 죄책감을 느끼니까요."

"그럼 아내를 죽이면서 만일 즐거웠다면, 회한을 갖지 않을 거란 뜻?"

"나는 그런 사람입니다."

"이봐, 그게 바로 당신의 문제요. 사전에 충분히 생각하고 움직이셔야지."

"그녀를 죽이는 일이 내게 즐겁지 않을 수도 있단 사실을 미리 어떻게 알겠어요? 사람이 뭔가를 정말 좋아하는지 아닌지 알려면, 일단 먼저 시도를 해봤어야죠."

"먹을 거 얘기하듯이 말하시네."

"저마다 자신의 윤리가 있는 법이니까요. 나는 행동을 판단할 때, 그 행동이 내게 얼마나 기쁨을 주는지로 가늠합니다. 관능적 환희는 살아가는 최상의 목적이며, 따라서 어떤 정당화도 요구하지 않아요. 반면에 즐거움을 주지 못하는 범죄란 아무런 이유 없는 악이고, 더러운 유해물이죠. 변명의 여지가 없어요."

"그렇다면 희생자가 그 범죄를 어떻게 생각할지, 고려해보기는 했어요?"

"막스 스티르너의 『유일자와 그 소유』라는 책을 압니까?"

"아뇨."

"그렇겠죠. 그는 에고이즘 이론가예요. 타자는 나의 즐거움을 위해서만 존재한다는 게 그의 이론입니다."

"대단합니다. 그런 생각이 있는 사람들은 따로 모아둬야 해요."

"'진정한 윤리는 그 윤리를 비웃는다.' 이 말은 파스칼이 했어요. 장세니즘 만세!"

"당신에게서 정말 최악인 건, 당신의 그 통탄하고 변태적인 행위에다 지적인 그럴듯한 핑계를 갖다 붙이는 일입니다."

"내가 그토록 혐오스러우면, 날 죽여요."

"그러고 싶지 않아요."

"죽이는 일에 대해 당신이 뭘 알아요? 죽여본 적이 없잖아요. 아마도 좋아하게 될 거예요."

"당신의 윤리가 내 건 아니에요. 당신은 미쳐도 한참 미친 자니까."

"이해하지 못하겠으면 다 미치광이로 몰아대는 이런 광기라니! 이 정신적 나태를 어찌하누!"

"죄의식이 문제라며 내가 자신을 죽여주길 필요로 하는 자야말로 미친놈이지. 아까 미친놈은 자신의 행동을 설명할 수 없는 자라고 했었죠. 그렇게 보면 당신의 그 처벌받고자 하는 욕구야말로 설명이 안 돼요. 그 욕구는 당신의 그 순수하고 단단한 에고이즘 윤리에 전혀 어울리지 않으니."

"반드시 그렇지는 않아요. 난 아직 누군가에게 살해당한 적이 없어요. 어쩌면 아주 흐뭇한 일일 거예요. 일반적으로 알지 못하는 감각적 쾌감이라고 해서 선입견을 가져선 안 됩니다."

"그게 불쾌할 거라 상상해봐요, 돌이킬 수 없을 테니."

"설령 불쾌한 느낌을 준다 해도, 한순간의 일일 뿐이죠. 그러고 나서야……"

"그래요, 그러고 나면?"

"그러고 나면, 마찬가지죠. 나는 죽어본 적이 전혀 없어서. 아마도 근사한 일일 거예요.”

“근사하지 않으면?”

“이보세요, 이날이든 다른 날이든 어쨌거나 죽겠죠. 파스칼의 내기와 같은 논리잖아요. 얻을 건 전체고, 잃을 건 하나도 없다.”

“그게 목숨인데도?”

“나도 알아요. 그런데 목숨은 지나치게 과장된 의미를 갖고 있죠.”

“그럼 숱한 사람들이 그 목숨에 매달리는 걸 당신은 어떻게 설명하겠어요?”

“그들은 이 세상에서 우정과 사랑을 가진 자들이죠. 그런데 나는 우정도 사랑도 없어요.”

“그렇다면 당신을 극도로 경멸하는 내게 대체 왜 당신을 죽여주는 서비스를 바라나요?”

“당신의 복수하고자 하는 욕망을 채워주려고요.”

“계산 착오요. 만약 당신이 살해 이틀 뒤에 나타났더라면, 나는 당신을 요절냈겠지. 그런데 십 년이 지난 뒤라면, 오면서 내 증오심이 가라앉았을 거라는 점을 계산에 넣었어야지.”

"사건 발생 이틀 뒤에 내가 왔다면, 경찰 수사가 가능했을 거예요. 그런데 십 년의 시차를 두고 온 이유는, 그게 강간과 살인 사이의 십 년 차이만큼이나 내 마음에 들었기 때문입니다. 생일을 맞은 것 같은 기분을 느끼는 범죄자인 셈이죠. 한번 오늘 날짜를 떠올려보시겠어요?"

"오늘이…… 3월 24일!"

"생각지도 못하셨나요?"

"이 양반아, 나는 매년 3월 24일 만이 아니라, 매일 그 생각을 해요."

"강간 사건이 있었던 10월 4일과 살해한 날인 3월 24일 사이에서 고르고 있었어요. 그런데 당신과 나 사이에 강간은 절대 일어나지 않으리라는 생각이 들더군요."

"그 말 들으니 안심이 됩니다."

"살인이 일어날 가능성이 훨씬 더 컸던 거죠. 물론 세 날짜가 다 일치한다면 더 좋았겠지만. 한 묶음으로 정리되었을 텐데! 십 년 차이를 두고 매년 10월 4일이거나 3월 24일이니! 인생이란 우리가 바라는 만큼 완벽하지는 않아요."

"한심한 미치광이."

"당신은 지난 십 년 동안 증오가 차갑게 식어버렸다고 했었죠. 걱정 마세요. 내가 다시 그 증오심이 끓어오르도록 해드릴게. 날 믿으세요."

"소용없어요. 당신을 죽이진 않을 거니까."

"어떻게 되나 같이 지켜보죠."

"보나 마나요."

"이런 매가리 없는 양반을 봤나!"

"그게 영 신경 쓰이나 보죠?"

"그래도 처벌받지 않은 범죄를 그대로 지나치면 안 되죠!"

"그 범죄자가 당신이라고 누가 그럽디까? 당신은 그저 이런 허황한 얘기를 지어낼 정도로 상태 안 좋은 정신병자에 불과해요."

"날 의심하는 겁니까?"

"무척. 당신이 지금껏 떠벌린 행적에 대해 아무런 증거도 갖고 있지 않으니."

"너무하시네! 당신에게 이자벨에 대해 상세하게 묘사할 수 있다고요."

"그건 아무런 증거가 못 돼요."

"그녀의 내밀한 세부까지 알려줄 수 있어요."

"그건 당신이 그녀와 친하게 잘 알았다는 증거는 되겠지만, 강간을 하고 살해했다는 걸 증명하지는 못하죠."

"내가 그녀를 살해했다는 걸 증명할 수 있어요. 당신이 발견했을 때, 그 시체가 어떤 자세로 놓여 있었으며, 몸 어디 어디가 칼에 찔렸는지 아주 상세하게 알고 있으니까요."

"그런 상세 정보도 진짜 살인자의 입을 통해 전해 들을 수 있었을 테니."

"미치게 만드네!"

"당신은 이미 미쳤어요."

"내가 왜 저지르지도 않았을 범죄를 자백하고 벌을 받으려 하겠어요?"

"당신 같이 미친 사람이 왜 그러는지 나도 좀 압시다. 내 손에 죽는 즐거움을 얻고 싶어 그러나."

"당신이 나를 죽여주길 바라는 마음은 죄책감 때문에 생긴 것이란 점을 잊어서는 안 됩니다."

"만일 그게 사실이라면, 그렇게 신나게 떠벌리진 못할 겁니다. 후회란 실수에 더해 또 잘못을 저지르는 것이니까."

"스피노자를 인용하시네!"

"당신만 글깨나 읽은 건 아니니까요."

"난 스피노자는 좋아하지 않아요."

"당신 같은 사람은 그렇겠죠. 난 많이 좋아합니다."

"그러면 이제 날 죽이길 명합니다."

"당신이 스피노자를 좋아하지 않는다고 해서 내가 당신을 죽일 충분한 이유가 되지는 않아요."

"난 당신 아내를 강간하고 죽인 사람입니다."

"당신은 공항에서 만나는 불쌍한 사람마다 붙잡고 괴롭히며 그 말을 해대겠지?"

"당신이 처음입니다, 내게 이 말을 들을 운명이 예정된 유일한 사람이고요."

"영광이라 몸 둘 바를 모르겠구려. 그런데 난 당신 말 하나도 믿지 않아요. 당신 수법은 처음이라기엔 너무 닳고 닳았어요. 전문 협박꾼 냄새가 나니까."

"당신이 선택된 사람이란 걸 모르겠어요? 나만큼이나 장세니스트인 존재는 자신이 강간하고 살해한 아내의 남편이 아닌 다른 누군가에게 죽임을 당하는 걸 받아들이지 않을 겁니다."

"그렇게 미친 논리로야 대체 누굴 설득시키겠다는 겁

니까?”

“당신은 정말 비겁한 사람입니다. 나를 죽여야만 하는 상황을 피해 보고자 내가 살인자가 아니라며 당신 자신을 설득하고 있잖소!”

“유감인데. 당신이 저질렀다는 범죄에 대한 확실한 물질적 증거를 갖고 오지 않는 한, 나로서는 당신 말을 믿을 이유가 전혀 없어요.”

“당신이 왜 이러는지 이제 알겠어요! 날 경찰에 고발할 근거가 될 물질적 증거가 존재하기를 바라는 거죠. 왜냐하면 증거 없이는 나를 어쩌지 못할 테니까. 미안하오, 이 가련한 겁쟁이 양반아, 그래 봐야 확신할만한 어떤 증거도 없어요. 경찰에게 가봐야, 당신과 내가 쓸데없는 말씨름이나 하겠지. 정의는 당신 손으로 집행이 되든지 아니면 집행 불가든지니까, 이 점 분명히 머릿속에 넣어두세요.”

“자신이 살인자라 주장하는 미친 자에게 복수하는 일은 조금도 정당화될 수 없어요. 당신은 학급 친구가 마음에 안 든다고 죽여달란 기도를 하는 거로 만족해놓고도, 그 기도로 학급 친구를 죽였노라 단언하는 사람입니다. 그러니 당신이 어떤 종류의 살인자인지는 내가 알아요.”

“그럼 내가 범죄에 쓴 칼을 보여줘도 당신은 그걸 살인자가 내게 장물로 팔아넘긴 것으로 여기겠군요? 당신은 이런 단순한 진실을 외면하고 도대체 왜 그런 엉터리 논리에 집착합니까?”

“내가 공항에 있는데, 타야 할 비행기 출발이 늦어진단 안내 방송이 나왔어요. 그러고는 어떤 놈이 내 옆에 앉더니 다짜고짜 날 꼬드기기 시작했고. 성가신 얘기를 한참 늘어놓더니 말을 돌려 자신이 이십 년 전에 내 아내를 강간하고 십 년 전에는 죽이기까지 했답니다. 당신이라면 이 상황에서 내가 아 그래요, 라며 그자의 말을 덥석 믿는 게 자연스럽겠어요?”

“그렇진 않아요. 당신의 해석은 아주 부정확하기 때문에.”

“그래요?”

“당신은 3월 24일에 바르셀로나로 출장을 가게 된다는 걸 언제 알았나요?”

“당신과 상관없는 일이오.”

“말하고 싶지 않나요? 그럼 내가 얘기할게요. 두 달 전 당신 상관에게 바르셀로나에서 전화가 걸려왔어요. 홍미로운 시장 정보를 전하면서 3월 24일에 총회가 있다는 전화였죠. 이제 짐작할겁니다. 당신과 나처럼 카탈루냐 사람으로, 파리에 있는 자기 집에서 전화를 걸어온 사람이 누구일지?"

"그럼 내 상사의 이름은?"

"장 파스칼 뫼니에. 그래도 여전히 나를 믿지 못하시겠다?"

"그래 봐야 증명하는 것은 당신이 귀찮은 진드기라는 겁니다. 그런데 그 점은 내가 이미 알고 있었고."

"꽤 능력 있는 진드기 아니에요?"

"차라리 정보를 많이 갖고 있는 진드기라고 봐야죠."

"나로선 능력 있다는 점을 주장하고 싶은데요. 비행기 출발이 미뤄졌다는 것도 잊지 말아요."

"뭐야? 그럼 그것도 당신 짓이란 거요?"

"멍청한 양반이네, 그걸 이제야 알아요?"

"그걸 어떻게 했는데?"

"당신 상사에게 그랬듯이 전화 한 통이면 돼요. 공항의 공중전화에서 비행기에 폭탄이 숨겨져 있다고 하면 되거든요. 요즘은 멍청한 전화 한 통이면 엉망으로 만들 수 있으니, 미친 세상이죠!"

"그걸로 경찰에 신고할 수 있다는 거 알아요?"

"알죠. 그런데 당신이 경찰에게 그걸 납득시킨다 해도, 나는 벌금만 왕창 내면 풀려날걸요."

"생각보다 벌금이 엄청나게 나올 텐데."

"얼마가 되든 기껏해야 돈으로 내가 풀려나면, 당신 아내를 강간하고 살해한 일에 대한 당신의 복수가 만족스럽겠어요?"

"다 예견하고 있었다는 거로군, 이런 개자식."

"당신이 제대로 된 감정으로 돌아온 걸 보니 만족합니다."

"잠깐만! 그런데 비행기 출발 시각을 늦춘다고 당신에게 무슨 도움이 되지?"

"한 번이라도 생각이란 걸 해보는 건 어때요? 우리의 대화가 공항 대기실이 아니고선 이뤄질 수 없단 거 알겠죠. 내가 당신에게 바짝 다가가려면 이런 공간이 필요할 거고. 당신은 이 비행기를 타야만 하니, 날 두고 떠날 수는 없을 거잖아요!"

"그럼 이제 모든 게 조작인 걸 알았으니, 나는 이만 갈 수 있겠군."

"이젠 당신도 이게 조작이란 걸 알 수 있겠죠. 하지만 당신 인생을 파괴한 자가 내빼도록 할 수는 없습니다."

"그럼 당신은 내게 그 얘길 하고자 왜 그리 뜸을 들이셨나? 내게 와서 '내가 당신 아내 살해범입니다'라고 바로 선언하지 않고, 왜 고양이 밥 처먹은 얘기 따위를 늘어놓았느냐고?"

"그럴 수는 없죠. 나는 극도의 형식주의자입니다. 엄밀하면서 금욕적인 화장법에 따라서 움직이거든요."

"그래서 그런 화장법들이 뭔 일을 하는데?"

"무지하시군. 화장법이란 보편적 질서의 과학이자 이 세계를 규정하는 최상의 도덕입니다. 미용사들이 이처럼 멋진 말을 들먹인다고 해서 내 잘못은 아니죠. 내가 만일 단숨에 당신이 선택되었다는 걸 드러내며 다가갔다면 그건 화장법을 거스르는 일이 되었을 겁니다. 당신이 선택되었단 사실을 신성한 현기증을 느끼며 실감하도록 해야 했거든요."

"차라리 날 제대로 엿먹이는 일이 필요했노라 말하지."

"틀린 말은 아니에요. 선택된 자에게 그 소임을 받아들이게 하려면 먼저 신경부터 살살 건드려야 하거든요. 그가 머리가 아닌 가슴 속의 분노로 행동하도록 만들려면 그의 신경이 바짝 곤두서도록 해야 합니다. 게다가 당신은 머리로 움직이는 경향이 상당히 강한 사람이에요. 그래서 내가 계속 당신 신경이 곤두서도록 감각적 자극에 집중하고 있는데, 이해하겠어요?"

"그래 봐야 헛물켜기요. 나는 당신이 예상하는 만큼 그렇게 만만히 주무를 수 있는 사람이 아니거든."

"화장법에 따른 당신의 운명과 자연스럽게 가야 할 길을 당신에게 보여주고 있는데, 아직도 내가 당신을 쥐고 흔들려는 것으로 믿고 있군요. 자 보세요. 나는 죄를 지었어요. 범죄자라고 해서 다 죄책감을 갖는 것 아니지만, 일단 죄책감이 들면, 그들은 죄책감 말고는 다른 생각을 하지 않아요. 죄인이 처벌을 향해 가는 것은 강물이 바다로 가는 거나, 피해자가 복수를 하려 드는 거와 같은 이치입니다. 당신이 복수하지 않는다면 제롬 앙귀스트 당신은 미완의 인간으로 남을 것이고, 당신이 선택된 것에 대한 책임을 떠맡지 않는 일이 되며, 당신의 운명을 맞으러 나서지 않는 게 될 겁니다."

"당신 말을 듣고 있으면, 당신은 마치 어느 날인가 처벌을 받겠다는 목표 하나로 늘 그렇게 행동해온 사람 같구려."

"그런 면이 있죠."

"얼간이."

"사람은 다 자신의 격에 맞는 범죄자를 갖고 있는 법입니다."

"그런데 이렇게 몇 시간 동안이나 자신을 해명하며 정당화할 필요를 느끼지 않고, 그냥 사람을 죽이면서 아무런 자의식 없는 난폭한 짐승이 될 수는 없소?"

"당신은 그럼 당신의 아내가 그런 짐승 같은 놈에게 강간당하고 살해당했기를 더 바랐다는 겁니까?"

"강간도 살인도 당하지 않았으면 당연히 더 좋았을 테지. 하지만 이미 벌어진 일, 그래, 나라면 당신 같은 못난이보단 차라리 정말 짐승 같은 자가 더 낫다는 생각이 들어요."

"당신에게 다시 반복하지만, 제롬 앙귀스트씨, 사람은 다 자신의 격에 맞는 범죄자를 갖고 있다니까요."

"마치 내 아내가 딱 당신 수준의 범죄자에게 당할 만했다는 말로 들리는구먼. 당신이 뱉는 말마다 다 끔찍해!"

"당신 아내가 그렇다는 게 아니고, 당신의 경우가 그렇다는 말입니다."

"그렇다면 더더욱 끔찍하지! 왜 내가 아니고 아내가 누군가에게 그런 일을 당해야 했어요?"

"당신의 그 '누군가'란 말이 꽤 재미있네요."

"재밌다고? 가관이구먼! 게다가 왜 그리 바보처럼 웃습니까? 이 상황에 웃음이 나와요?"

"자, 진정하고요."

"이 상황에 진정하라 소리가 나와요? 더 이상 당신을 봐줄 수가 없어."

"그럼 나를 죽여요. 화장실로 끌고 가서 벽에다 두개골을 박살 내는 겁니다. 그러면 그 누군가는 더 이상 아무 소리 하지 않을 테니."

"당신에게 그런 즐거움을 선사하지 않겠습니다. 선생, 나는 경찰에게 찾아가겠어요. 그러면 분명히 사람들이 당신을 붙잡을 방도를 찾아낼 거라 믿어요. 십 년 전에야 DNA 분석 검사가 없었지만 지금은 하고 있으니까. 범죄 현장에 머리카락이든 눈썹이든 남겨놓았을 게 틀림없어요. 그걸로 충분할 겁니다."

"좋은 생각입니다. 가서 경찰을 불러요. 그런데 당신이 돌아오면 내가 그 자리에 있을 거라 생각해요?"

"나랑 같이 갈 건데."

"내가 당신과 함께 가고 싶어 할까요?"

"당신이 나와 함께 갈 것을 명합니다."

"재미있네요, 내게 그럴 압박 수단이라도 갖고 있어요?"

그 순간, 운명의 장난인지, 경찰관 둘이 그곳을 지나갔다. 제롬이 소리 지르기 시작했다.

"경찰관! 경찰관!"

둘은 소리를 듣고 달려왔고, 공항 대기실에서 어슬렁거리던 구경꾼들도 몰려들었다.

경찰관들에게 자신 옆에 앉아 있는 텍셀을 가리키며 제롬이 말했다.

"이 남자를 체포하세요."

"어느 남자 말요?"

경찰관 중 하나가 물었다.

"이 자요!"

제롬은 웃고 있던 텍셀을 가리키며 반복해 말했다.

공공질서의 대변자들은 당황하여 서로를 바라보았고, 다시 앙귀스트를 뚫어져라 쳐다보면서 이런 생각을 하는

것 같았다. '이 미친놈은 뭐지?'

"신사 양반, 신분증 좀 봅시다."

경찰 하나가 말했다.

"뭐라고요?"

제롬은 발끈했다.

"지금 신분증을 보자고 내게 요구하는 겁니까? 신분증을 보자고 해야 할 당사자는 저 자인데!"

"선생의 신분증 말입니다."

경찰관이 권위적인 태도로 반복했다.

무안해진 앙귀스트는 여권을 내밀었다. 두 경관은 주의 깊게 여권을 살피고는 돌려주면서 이렇게 말했다.

"이번은 그냥 넘어갑니다. 하지만 우리에게 다시 장난치지는 말아요."

"그러면 이 자는 내버려 둘 거요?"

제롬이 고집부렸다.

"비행기 탑승 전에 음주 측정 검사를 안 하는 게 다행입니다."

어안이 벙벙한 채 화가 나 씩씩거리는 앙귀스트를 뒤로 하고 경찰관들은 가버렸다. 구경꾼들은 그런 그를 미친 사람 보듯 했다. 그때 네덜란드인이 웃기 시작했다.

"이제 이해하겠나?"

텍셀이 물었다.

"무슨 권리로 내게 말을 놓으시나? 난 당신과 친구로 지내자고 한 적 없는데."

텍스토르는 크게 웃었다. 사람들이 궁금해하며 그들 주위로 몰려들어서 구경하기 시작했다. 마침내 앙귀스트가 폭발했다. 일어서서는 구경꾼들을 향해 냅다 소리 질렀다.

"구경 다 했소? 또다시 우리 주변을 얼씬거리면 가만두지 않겠어."

위협이 통했는지 구경꾼들은 바로 가버렸다. 가까이 앉아 있던 사람들도 멀찌감치 떨어져 앉았다. 그리고 누구도 둘에게 접근하려 들지 않았다.

"브라보, 제롬! 한성깔 하네. 자네와 오랜 친구인 나도 이런 모습은 본 적이 없는데 말이야."

"말 놓지 마시라 했는데!"

"우리가 함께 겪은 걸 생각해보면 자네도 내게 말을 놓게 될 거야."

"말도 안 돼."

"난 자네를 아주 오래전부터 알고 있어."

제롬이 시계를 봤다.

"두 시간도 안 지났는데."

"처음부터 알고 지낸 사이야."

앙귀스트는 그 네덜란드인의 얼굴을 샅샅이 집요하게 훑어봤다.

"텍스토르 텍셀, 혹시 가명이오? 당신이 나랑 같이 초등학교에 다녔소?"

"나와 닮은 학급 친구가 있었단 게 떠올라?"

"전혀, 오래전 일이어서 기억이 영. 당신은 모습이 많이 바뀌었을 것이고."

"자네 생각으론 경찰이 왜 날 체포하지 않았을까?"

"모르오. 당신이 아마 고위층과 잘 아는 인물인 모양이지."

"그럼 아까 사람들이 자네를 왜 미친놈처럼 지켜보았을까?"

"경찰들이 날 대한 태도 때문이겠지."

"자넨 정말 아무것도 이해를 못 하는군."

"내가 뭘 이해해야 하는데?"

“자네 옆자리에 아무도 앉아 있지 않단 사실.”

“마치 당신이 투명인간인 줄 아는데, 내가 지금 당신을 이렇게 보고 있단 사실을 어떻게 설명하시려나?”

“자네 혼자서만 날 보는 거야. 심지어는 나조차도 날 못 보는데.”

“싸구려 떠버리에 불과한 당신이 무슨 자격으로 내게 말을 놓는지 영 모르겠는데 그러지 마시오, 선생.”

“자기 자신에게도 말을 놓을 권리가 없다면야.”

“뭔 소리를 하는 거요?”

“잘 들어 놓고서. 내가 바로 자네야.”

제롬은 좀 모자란 사람처럼 네덜란드인을 뚫어져라 보았다.

“내가 자네라고.”

텍스토르가 다시 말을 이었다.

“자네는 모르는데, 그런 자네를 너무 잘 알고 있는 자네의 한 부분이 바로 나라고. 자네가 한사코 모르고 싶어 하는 자네의 그 부분이 나라고.”

“애당초 경찰을 부를 게 아니었네. 정신병원에 연락해야 할걸.”

"사실이야, 자네는 미쳤지. 우리가 처음 대화를 나눌 때부터 나는 자네에게 여러 번 그 상태에서 빠져나오도록 장대를 건넸어. 자네에게 내부의 적에 관해 말했던 건, 내가 자네의 바깥에서는 존재할 수 없었던, 자네의 머리로 빚은 존재였다는 점을 암시했던 거야. 그랬더니 자네는 내부의 적이란 가져본 적이 없었노라 내게 단언하더군. 나의 불쌍한 제롬, 자네는 세상에서 가장 귀찮은 내부의 적을 갖고 있다네, 바로 나지."

"선생, 당신은 내가 아니오. 당신 이름은 텍스토르 텍셀이고, 네덜란드 사람이며. 일급의 진드기요."

"그런데 이 좋은 자격을 자네가 가지면 안 될 이유가 있나?"

"이름, 국적, 개인적 이력, 육체적 정신적 특질, 이 모든 게 내가 아닌 당신 것이니까."

"이 친구야, 그리 보잘것없는 특질로 자신을 규정하는 걸 보니, 자네가 까다로운 사람은 아니군. 인간 두뇌의 전형적인 특성이지. 본질과 마주하지 않으려고 자잘한 데에만 집중하는 거 말이야."

"하여튼 곤죽이 된 고양이 밥이며, 밑도 끝도 없는 신비

주의 타령은 나하곤 영 다른 세상의 얘기요."

"물론 그렇겠지. 자네의 아내를 살해한 자가 절대로 자네가 아니었노라 스스로 설득하려면, 자네와는 아주 다른 나를 새로 빚어낼 필요가 있었을 테니."

"닥치시오!"

"미안해. 이젠 입을 다물고 있지 못하겠어. 입 닥치고 있은 지 너무 오래되어서 말이야. 게다가 지난 십 년 이래 이 침묵이 점점 더 견딜 수 없어진다는 말을 덧붙이려네."

"더 이상 당신 말을 듣고 싶지 않아."

"나에게 말을 하라고 시키는 건 바로 자네야. 자네 머릿속에 쳐놓아 두었던 튼튼한 방어벽도 이제 더는 버티지 못해. 포기하는 거지. 그러니 지난 십 년 아무것도 모르고 결백한 상태로 지낼 수 있는 권리를 누렸던 점 행복해하길. 오늘 아침 자네는 일어나 바르셀로나로 떠날 준비를 했지. 그러다 달력을 보았어. 1999년 3월 24일. 머리로는 한사코 아내를 살해한 지 십 주년이 되는 날이란 걸 일깨워줄 벨을 누르지 않았어. 하지만 나에게까지 그 사실을 감출 수는 없었던 거야."

"난 아내를 강간하지 않았는데!"

"맞아. 하지만 20년 전, 몽마르트르 공동묘지에서, 그녀를 처음 보았을 때, 자네는 그녀를 강간하고 싶은 마음으로 들끓었지. 밤마다 그 꿈을 꿀 정도로. 우리의 대화를 시작하면서, 나는 내가 마음먹은 일들은 늘 해왔다고 자네에게 말했어. 그렇게 자신의 욕구를 절대로 막지 않는 자네의 바로 그 부분이 나야. 그래서 나는 자네에게 이 꿈을 주었고. 어떤 법규도 환상을 가로막진 못하니까. 그리곤 얼마 뒤, 어느 날 저녁에 자네는 이자벨을 다시 보게 되었지. 처음으로 그녀에게 다가가 말을 걸었어."

"당신이 그걸 어떻게 아는데?"

"제롬, 내가 자네니까 아는 거야. 자넨 꿈속에서 강간까지 했었던 여성과 점잖게 얘기하는 게 우습다고 느꼈어. 그리고 자네는 그녀의 마음에 들었지. 자네가 날 감출 수 있을 때는 여자들의 호감을 얻거든."

"미친 건 당신이오. 당신이 내 아내를 죽이고는, 자신을 결백한 사람으로 만들려고 내가 그녀를 죽였노라 자신을 납득시키려 애쓰는 거잖아."

"그렇다면 왜 내가 몇 시간이고 나의 죄의식을 변호하려 했을까?"

"당신은 돌았으니까. 미친 사람의 행동에서 논리를 찾으려 해서는 안 되지."

"나를 너무 나쁘게 말하지는 마. 내가 자네라는 걸 잊지 말라고."

"당신이 만약 나라면, 대체 내가 왜 이상한 망상에 사로잡혀 당신을 네덜란드 사람으로 만들었을까?"

"자네와 나를 다른 사람으로 만들려면 내가 이방인인 게 유리했으니까. 내가 이미 말했잖아."

"그렇다면 파타고니아 원주민이나 반투족이 아니고 왜 하필 네덜란드 사람으로 했을까?"

"이방인이라도 자기가 알 수 있어야 뭘 하든 말든 하지. 파타고니안이나 반투족이면 자네 머리로 감당하기 어려웠을걸."

"그럼 당신의 그 과도한 장세니즘은 뭐지, 나는 살면서 종교적인 것과는 아예 담을 쌓았는데?"

"그건 신비한 존재로 사는 일이 싫지 않은 자네의 내면에 억압되어 있는 한 부분이 있음을 증명하는 거지."

"오 그건 아니지, 시장통 싸구려 물건 같은 정신분석 강의라니!"

"자네가 뭔가를 억압하고 있다는 얘기만 할라치면 화부터 낸다는 걸 잘 보라고."

"욕망을 억압한다는 단어는 20세기의 창고에나 처박아 버릴 말이지."

"그건 20세기 다양한 살인자 유형 중 하나인, 바로 자네를 낳은 것이기도 해."

"당신이 고생하며 만들어낸 것들이 정확하다고 상상해 봅시다. 이 범죄자는 찌질한데, 비장하고, 그로테스크하지 않겠어."

"그게 불과 몇 분 전에 내가 자네에게 말한 거잖아. 누구나 자신의 격에 맞는 범죄자를 갖고 있다고. 안타깝지만, 나의 불쌍한 제롬, 자네에겐 살인마 잭이나 랑드뤼가 들어설 자리는 없었어. 나 정도가 들어설 자리만 있었을 뿐이야."

"당신이 들어설 자리도 없어."

"이해하네, 인정하기 어렵지, 안 그래?"

"당신 말대로라면, 나는 하이드씨와 대화를 나누는 지킬 박사쯤 되겠군."

"오버하진 말고. 자네가 지킬 박사보다 한참 모자라니

까, 결과적으로 하이드라는 피비린내 풍기는 괴물보단 많이 떨어지는 조그만 괴물 하나를 품고 있는 셈이야. 자넨 강박에 사로잡힌 위대한 학자가 아니라, 숱하게 널린 그저 그런 비즈니스맨이지. 자네에게서 유일하게 높이 사줄 만한 점이 바로 자네의 아내였어. 그러니 지난 십 년, 홀아비로 살아온 일이야말로 자네가 가진 단 하나의 덕목이지."

"당신은 왜 이자벨을 죽였지?"

"웃기는데. 좀 전까지는 내가 살인범이었단 걸 믿으려 들지 않았잖아. 그런데 죄의식이라는 뜨거운 감자를 자네에게 넘기려 했더니, 쉽게 날 믿어버리고는, 왜 내가 자네 부인을 죽였느냐고 묻기까지 하네. 이제는 누군가 자네가 결백하다고 설득만 해주면, 뭐든 할 준비를 갖춘 태세야."

"대답해보시라고! 당신은 왜 이자벨을 죽였냐고?"

"잘못 던진 질문에는 답을 못하지. 이렇게 물어야지. '내가 왜 내 아내를 죽였지?'라고 말이야."

"그 질문은 성립 자체가 안 돼."

"내가 자네란 걸 여전히 못 믿나?"

"결코 믿을 일이 없을 거요."

"자아라는 종교 이상하단 말이야. '나는 나입니다. 나일

뿐 나 말고 다른 어떤 것도 아닙니다, 나는 나이기에, 고로 내가 앉아 있는 의자가 아니며, 내가 바라보는 나무가 아닙니다. 나는 세상의 다른 것들과 분명히 다르며, 나는 내 육체와 정신의 경계로 한정됩니다. 나는 나입니다. 따라서 나는 지나가는 이 신사가 아니며, 특히 이 신사가 내 아내를 죽인 살인자라면, 절대 나는 이 신사가 아닙니다.' 기이한 교리지."

"맞아, 글자 그대로, 기이하지."

"나는 자네 같은 친구들이 생각이란 걸 가지고 뭘 하는지 묻곤 해. 원하는 곳으로 마음껏 가고, 각자의 몸속으로도 들어갈 수 있는 정신의 흐름은 아마도 자네를 혼란스럽게 하겠지. 그런데도 이 생각이란 것은 자네의 그 조그만 자아라는 데서 나온 거라네. 불편하고 신경 쓰이는 것이라, 자네의 방어벽을 위협하지. 다행히 대부분 사람은 대비책을 찾아냈어. 그건 생각하지 않는 거야. 생각해서 뭐 하겠어? 철학자나 시인 같이 생각하는 게 직업인 사람들에게 생각하도록 내버려 두면 되니까. 그들이 어떤 결론을 내리든 신경 쓰지 않아도 되는 만큼 실용적인 태도지. 그래서 3세기 전 파스칼이라는 대단한 철학자는 자아란 가증스러운 거라고 말할 수 있고, 지난 세기의 위대한 시인 랭보가 나는 타자라고 선언할 수 있는 거야. 그건 예쁘장해서, 나는 나고 너는 너니까 각자 자신의 자아에 편안히 머문다는, 우리를 안심시키는 확신에 조금도 영향을 미치지 않으니, 살롱에서 나누는 대화에나 써먹기 좋은 얘기지."

"당신이 현란하게 둘러대는 그 세 치 혀야말로, 내가 당신이 아니라는 증거요."

"드디어 나오네, 내부의 적을 너무 오래 가둬두면 결국 이렇게 돼. 일단 한번 터지면 막질 못해."

"아까 내가 귀를 막았을 때, 당신 말이 들리지 않았던 게, 내가 당신이 아니라는 증거요."

"그런 면에서 자네는 꽤 잘 해왔어. 귀를 틀어막지 않고도 몇십 년 동안 내 말을 듣지 않았으니까."

"내가 장세니즘이니 하는 쪽에 대해서 아는 게 전혀 없다는 점도, 내가 당신이 아니라는 증거요. 당신은 나보다 훨씬 더 유식하니까."

"아니지. 자네의 아무것도 잊어버리지 않는 부분이 바로 나야. 모르는 것과 잊는 것, 그게 우리의 유일한 차이거든. 사람들이 기억을 간직하기만 하면, 자신들이 아는 게 전혀 없다고 믿어온 주제에 대해서도 서로 의견을 나눌 수가 있으니까."

"내가 땅콩버터를 혐오한다는 점도, 내가 당신이 아니라는 증거요."

순간 텍스토르는 웃음을 터트렸다.

"아이고, 이 친구야, 그거야말로 증거로서 모범적이잖아!"

"사실은 사실이니까. 난 땅콩버터를 정말 싫어해. 이걸 어떻게 설명할 거요? 꽤나 난처하시겠어?"

"내 하나 알려주지. 땅콩버터를 혐오한다고 주장하는 자네의 그 면모는 메닐몽탕 대로의 핫도그 앞에서 사서 먹을 엄두도 못 내면서 침만 흘리는 자네와 같은 거라고."

"무슨 소리를 하는 거요?"

"어떤 신사가 채소를 곁들인 가자미 요리와 다른 게 잔뜩 나오는 업무상 점심을 먹으러 갈 때는, 땅콩버터와 메닐몽탕 대로의 핫도그처럼 자신이 최악이라고 지칭하는 음식을 게걸스럽게 입에 처넣길 꿈꾸는 촌놈이 자신 속에 존재한다는 걸 모르는 체하지. 자네는 아내와 함께 페르 라셰즈 공동묘지를 자주 드나들곤 했어. 자네 아내는 망자들의 정기를 받고 자란 아름다운 나무들과 사랑받았던 젊은 여성들의 무덤을 보는 걸 참 좋아했었지. 그때 자네는 맞은편에서 익어가는 소시지 냄새에 더 많이 흥분했었어. 물론 자네는 그 사실을 털어놓느니 차라리 무덤에 들어가려 할 거야. 하지만 나는 그때도 진정으로 원하는 것이라면 아무것도 거부하지 않는 자네의 한 부분이지."

"뭔 헛소리인지!"

"부정해봐야 틀렸어. 공감하고 있다는 걸 감추는군."

"나는 아무것도 감추는 게 없어요."

"이자벨을 사랑했었나?"

"나는 그녀를 지금도 여전히 열렬하게 사랑해요."

"그러면서 그녀를 죽인 특권을 자네 아닌 다른 사람의 몫으로 양보할 텐가?"

"그건 특권이랄 수 없죠."

"특권이야. 그녀를 죽인 사람이야말로 그녀를 가장 사랑했던 사람이니까."

"아니! 그녀를 잘못 사랑했던 사람인 거요."

"잘못이긴 하겠지만 더 많이 사랑했던 거야."

"나보다 더 그녀를 사랑했던 사람은 없어요."

"내 말이 바로 그거야."

"잠깐, 내 맞춰보리다. 당신은 아내가 살해당한 홀아비들에 대한 신상명세서를 갖고 있는 가학성 정신병자고, 당신의 편집증은 그 불쌍한 사내들을 찾아내서는 마치 그들이 충분히 고통스러워하지 않았다는 듯이 그들에게 죄의식을 심어주려는 거요."

"이보시게 제롬, 그런 짓들은 아마추어나 할 거지. 제대로 괴롭히기 위해서라면, 딱 하나 선택된 유일한 희생 제물로 한정해야지."

"어쨌거나 적어도 당신이 내가 아니라는 점은 당신도 인정하시는군."

"난 그런 말 한 적이 전혀 없어. 자네 자신을 파괴하는 자네의 바로 그 부분이 나야. 그러니 그 부분이 커질수록 자기 파괴 능력도 더 세지는 거라네. 그런 능력이 바로 나라고."

"피곤하게 만드시네."

"귀를 막지, 그래."

앙귀스트는 말대로 따라 했다.

"이번에는 더 이상 안 된다는 걸 알았겠지?"

제롬은 더 힘껏 귀를 막았다.

"헛심 쓰지 말라고. 지적해두는데, 그렇게 귀를 막고 있으면, 오래 버티기 어려울 거야. 내가 이미 얘기했었잖아. 왜 팔을 공중으로 치켜들고 있어? 마치 누군가 권총을 들고서 자넬 협박하는 줄 알겠구먼. 팔꿈치를 가슴 쪽으로 붙이며 팔을 아래로 내려서 귀를 막아야 해. 그 자세론 오래 버틸 수 있거든. 아까도 그걸 알았었더라면! 그걸 어떻게 몰랐을까 의아하기도 해, 어쨌거나 이젠 별로 중요한 건 아니야."

앙귀스트는 재수 없다는 표정을 지으며 팔을 내렸다.

"이제 자네가 나라는 걸 잘 알겠지. 자네가 듣는 이 목소리는 자네 머리 안에서 말하는 거라고. 그러니 내 얘기를 듣지 않고 도망친다는 건 절대적으로 불가능해."

"난 당신 말을 듣지 않고 이미 수십 년 살아왔어요. 당신이 아예 말을 못 하도록 주둥이에 입마개를 씌울 방도를 찾아낼 겁니다."

"찾지 못할 거야. 되돌릴 수 없는 일이거든. 1989년 3월 24일 금요일 오후 5시경 자넨 뭘 하고 있었지? 하긴, 경찰이 이미 같은 질문을 던졌다는 걸 난 알지."

"경찰이야 그럴 권리를 갖고 있었으니까."

"자네와 관련해선 나는 모든 권리를 갖고 있다고."

"경찰이 이미 그 질문을 제기했단 걸 안다면, 대답도 알겠구먼."

"물론, 자넨 직장에서 일을 하고 있었노라 답했지. 경찰이 그런 빈약한 알리바이를 받아들이도록 하려면 정말로 자네에 대해 신뢰하도록 만들었어야 할 텐데. 그 불쌍한 남편이란 작자는 얼이 빠져 망가진 상태라 전혀 믿음을 못 주었지."

"내가 당신이 바라는 걸 모두 인정하도록 만들려는 모양인데, 내가 이자벨을 죽였다는 것만큼은 받아들일 수 없어요."

"자넨 기이하게도 자존심이 바닥이군. 결백한 희생자가 되느냐, 아니면 살인자가 되느냐를 선택하라는데, 아무런 관련이 없다고 하니 말이야."

"난 어느 쪽도 선택하지 않아요. 그저 있는 그대로의 사실을 따르려는 거요."

"있는 그대로의 사실이라고? 농담이겠지. 내 두 눈을 똑바로 보고서 그날 오후 사무실에서 있었다는 그 기억을 내게 확언할 수 있나?"

"당연하죠, 난 그렇게 기억하고 있으니까."

"자네 상태는 내가 생각했던 것보다 훨씬 심하군."

"그러는 당신은 내가 당신에 대해 뭐라고 생각할 것 같아요? 당신이야말로 옷 갈아입듯이 말을 바꾸고 있어요! 당신이 이자벨과 나누었다고 주장했던 그 긴 이야기는, 대체 뭐였어요?"

"자네야말로 이자벨과 많은 상상의 대화를 나눴지. 누군가를 사랑할 때면, 머릿속으로 그 사랑하는 사람에게 계속 말을 건네는 법이거든."

"그럼 당신이 내게 말한, 당신 부모님의 자살, 마음으로 기도했더니 학급 친구가 죽은 일, 고양이 밥, 이 모든 건 뭡니까?"

"자네는 내가 자네 아닌 다른 사람이라고 스스로 납득하기 위해서라면 뭐든 꾸며낼 준비가 되어 있을 테니까. 얼마든지 그런 얘기를 지어내겠지."

"너무 쉬운 답인데. 그런 논리로 하자면 사실 같지 않은 그 어떤 얘기에 대해서도 그럴듯한 변명거리를 내놓을 수 있어요."

"당연하지. 난 자네의 악마적인 부분이야. 악마는 모든 물음에 대한 답을 갖고 있다고."

"그다지 설득력이 있진 않군요. 그렇다면 바르셀로나 출장 여행도 당신이 꾸몄던 거요?"

"아니, 아니. 출발시각이 미뤄진 것도 내가 한 일이 아니야…… 나는 자네 상사에게나, 공항에 전화 걸지 않았거든."

"그럼 아까 그 거짓말들은 다 뭐요?"

"자네 마음이 그쪽으로 가도록 하려고 했던 거야. 그 순간 나를 죽였더라면, 자네에게 이런 고통스러운 얘기들을 하지 않았어도 되었을 텐데."

"근데 왜 하필 공항에서?"

"비행편이 연기되었으니까. 기약 없이 기다릴 수밖에 없는 곳이지. 결국 자네가 진정으로 여유를 가졌던 순간이고. 자네 같은 부류는 예기치 않은 공백 속에서만 약한 면을 드러내거든. 거기다 오늘 날짜가 더해진 건데, 오늘 아침 자네의 무의식을 스쳤던 십 주기가 서로 결합한 거야. 자네도 사실에 눈을 뜰 만큼 성숙했으니까. 지금은 그 바이러스가 이미 자네의 마음속 컴퓨터에 들어가 있네. 너무 늦었어. 그래서 자네가 귀를 막아도 내 말이 들리는 거야."

"그러면 그동안 무슨 일이 있었는지 얘기해보세요."

"지금은 또 너무 서두르네!"

"내가 이자벨을 죽였다면, 적어도 그 이유는 알고 싶거든요."

"그녀를 사랑했던 거지. 우리는 각자 자신이 사랑하는 것들을 죽인다네."

"그렇다면 내가 집으로 가서, 내 아내의 배를 칼로 여러 번 쑤셨다는 겁니까, 아무런 이유도 없이?"

"모든 걸 잃고 마는 사랑 말고는 달리 어떤 이유도 없지."

"말은 그럴듯한데, 내겐 전혀 와 닿질 않아요."

"자네 안에 있는 내게는 그렇지 않아. 그 얼굴을 감춰서는 안 돼. 가장 깊이 사랑에 빠진 남자조차도, 아니 특히 그런 남자일수록, 언젠가는, 순간에 불과할 수도 있지만, 자신의 아내를 죽이고 싶다는 욕망을 드러내는 법이거든. 그 순간이 바로 나야. 대부분 사람은 자신의 그 어두운 감춰진 면을, 아예 존재하지 않는다고 믿을 정도로 감추고 살지. 자네는 훨씬 더 특별해. 자신이 숨긴 살인자와 마주친 적이 아예 없었으니까. 몰래 핫도그를 먹는 놈이나 밤마다 묘지에서 강간을 꿈꾸는 놈과도 마주치지 않았으니까. 그런데 오늘, 정신에 문제가 생기는 사건으로, 그자와 바로 앞에서 얼굴을 맞닥뜨리게 게 된 거라고. 처음엔 당최 그걸 믿지 않으려는 눈치더군."

"당신은 지금 주장하는 것에 대한 어떤 물질적 증거도 갖고 있지 않아요. 그런데 왜 내가 당신 말만 갖고 당신을 믿어야 합니까?"

"물질적 증거라는 게 상당히 조잡한 데다 엉터리라서 확신을 주기보다는 오히려 그 믿음을 깨버리기 마련이라서. 대신 이렇게 말하면 어떨까? 1989년 3월 24일 오후 5시경, 자네가 갑작스레 집에 왔어. 이자벨은 놀라지는 않았으나 자네가 평소와는 다르게 이상하다는 걸 알았지. 그게 그녀로선 처음으로 텍스토르 텍셀과 마주쳤던 거니까. 그건 자네였기도 하고 또 자네가 아니기도 했어. 자넨 여성들에게 호감을 주지만, 나는 아니거든. 그날 이자벨은 이유는 모르지만 자네가 마음에 안 들었지. 자네는 그날 아무 말도 하지 않고, 변태적 집착에 가득한 눈으로 그녀를 바라보며 만족스러워했는데, 그 눈길은 자네가 아니라 바로 내 것이지. 그러다 자네가 두 팔로 이자벨을 안았어. 그녀는 마뜩잖다는 태도로 자네의 포옹을 풀고 몸을 빠져나갔지. 자네가 다시 안으려 했고. 하지만 그녀는 거부 의사를 보이며 자네에게 거리를 두었어. 소파에 가 앉더니 자네에겐 눈길도 주지 않더군. 텍스토르 텍셀과는 상종하지 않으려는 그녀의 태도를 자네는 견디질 못했어. 부엌으로 가서는 제일 큰 칼을 집어 들었지. 그리고는 그녀에게 다가갔는데 자네를 경계하지 않더라고. 자넨 그녀를 난도질했어. 아무런 말도 주고받지 않고서 말이야."

침묵.

"기억이 나질 않아."

제롬이 고집스럽게 말했다.

"멋진 사건이지! 나는 기억한다네."

"아까 당신은 내게 완전히 다른 버전의 얘기를 했는데. 그럼 세 번째, 네 번째 버전은 또 언제 들려줄 거요?"

"아까 내가 했었던 얘기는 텍스토르 텍셀의 버전인데, 제롬 앙귀스트의 이야기와 서로 어긋나는 게 아니야. 그날 자네 부인이 자넬 끔찍하게 대한 것은, 자네에게서 강간의 꿈을 이루려고 눈이 벌게진 괴물을 보았기 때문이야. 자네의 버전이 소리 없이 펼쳐지는 거라면, 내 버전은 텍스토르 텍셀이 이자벨과 나눈 말 없는 정신적인 대화에다 자막을 입힌 것이라 할 수 있겠지. 내 버전에선 아담과 이브를 환기시켰거든. 아주 잘 어울려. 왜냐하면 성경의 창세기에도 아담과 이브에 관한 두 가지 버전이 있거든. 거기선 나레이터가 인간이 나락으로 떨어지는 얘기를 끝내자마자 그걸 다른 방식으로 다시 들려줘. 그런 게 즐거운 대목이지."

"난 아니오."

"할 수 없지. 살인을 저지른 뒤, 자네는 그 칼을 갖고 사무실로 돌아갔어. 자네는 거기서 다시 평온하게 제롬 앙귀스트가 된 거야. 모든 게 제자리를 잡았고. 자넨 행복했어."

"그게 내 생에서 마지막으로 행복했던 때였어요."

"저녁 여덟 시쯤 자네는 주말을 맞아 만족한 직장인처럼 집으로 돌아갔지."

"난 문을 열었고, 거기서 끔찍한 광경을 보았어요."

"자네가 이미 보았던 광경이지, 자네가 저지른 거였으니까."

"난 공포와 절망에 빠져 소리를 질렀어요. 이웃들이 왔죠. 그들이 경찰을 불렀어요. 경찰이 날 조사하기 시작했을 때는 난 이미 충격에 넋이 나간 상태였죠. 결국 범인을 찾지 못했어요."

"그래서 내가 자네에게 완전 범죄를 저질렀던 거라고

말했지!"

"맞아요, 가장 더러운 범죄죠."

"좋아하지 마. 자네 꼴이 우스워. 자기 자신이 아내를 죽였다는 사실을 알고는 바로 자신을 비열한 인간으로 여기는 정신노동자라니. 그건 과대망상이야. 자넨 그저 아마추어일 뿐이란 걸 잊지 말게."

"그런 당신이 나이건 아니건, 난 당신을 증오합니다."

"아직도 한 가지 의심을 하고 있지? 자네 핸드폰으로 비서에게 전화해보게."

"뭐라고 하게요?"

"내 말대로 해."

"알고 싶어요!"

"정 그러면, 내가 걸지."

그러자 앙귀스트는 핸드폰을 꺼내서 번호를 눌렀다.

"카트린느? 나 제롬인데, 지금 전화할 수 있어요?"

"그녀에게 자네 사무실 책상 왼쪽의 맨 아래 서랍에 있는 서류 더미 밑을 살펴봐달라고 해."

"부탁 하나 들어주겠어요? 내 책상 왼쪽 맨 아래 서랍에 있는 서류뭉치 밑을 살펴봐 주겠어요. 고마워요, 끊지 않고

기다릴게요.”

“자네 의견으론, 친절한 카트린느가 거기서 뭘 찾을 것 같은가?”

“전혀 모르겠는데. 한동안 그 서랍을 열지 않아서…… 여보세요, 맞아요, 카트린느? 아, 고마워요. 한동안 그걸 잊어버렸었거든요. 일하는 데 방해해서 미안했어요. 곧 봅시다.”

앙귀스트는 전화를 끊었다. 그의 낯빛이 창백했다.

텍스토르가 웃는다

“그것 봐. 칼이잖아. 지난 십 년 서랍 깊숙한 곳에 있는 칼이라니. 브라보, 자네 태도는 완벽했어. 목소리에 동요가 없었거든. 그래도 카트린느는 질겁했겠군.”

“그런다고 증명할 수 있는 건 하나도 없어요. 그 자리에 칼을 둔 건 당신이니까!”

“맞아, 나야.”

“아, 이제야 실토를 하시는군!”

“인정한 지 오래인데.”

“카트린느가 자리를 비운 틈을 타서 내 사무실에 몰래 들어갔을 테고……”

“그만하지. 난 자네야. 자네 사무실에 들어가자고 몰래 움직일 필요가 없다고."

앙귀스트가 두 손으로 머리를 감쌌다.

"당신이 만일 나라면, 왜 나는 당신이 이야기하는 사건에 대해 전혀 기억이 없죠?"

"기억할 필요가 없으니까. 내가 자네 대신 자네의 범죄를 다 떠올리고 있잖아."

"내가 혹시 다른 범죄도 저질렀나요?"

"왜 그거론 충분치 않아?"

"당신이 내게 더 이상 아무것도 숨기지 않았으면 해서요."

"안심해. 자네는 평생 이자벨 한사람만을 사랑했어. 그러니 그녀 말고는 죽일 사람이 없었지. 자네는 그녀를 묘지에서 처음 봤었고, 둘이 만난 자리에다 그녀를 되돌려 놓은 거야."

"그래도 난 당신 말을 믿을 수가 없어요. 당신이 상상할 수 없을 만큼 그녀를 사랑했거든요."

"알지. 나 역시 그만큼 이자벨을 사랑했으니까. 내 말을 영 믿지 못하겠거든, 나의 제롬, 내 말을 확인해줄 틀림없는 마지막 방법이 하나 남아 있다는 걸 잊지 말라고."

"아, 그게?"

"모르겠어?"

"모르겠어요."

"꽤 오래도록 자네에게 요구해온 건데."

"당신을 죽이는 거?"

"그렇지. 나를 죽이고도 자네가 살아 있다면, 자네는 아내의 살해 사건에서 결백했다는 걸 알게 될 거야."

"하지만 당신을 살해한 죄를 범하잖아요."

"그런 걸 내기라고 부르지."

"경우에 따라서는 목숨을 거는 일입니다."

"같은 말이야. 인생 자체가 곧 내기니까. 내기를 걸 수 있는 거라곤 자신의 목숨뿐이네. 그러니 목숨을 걸지 않는다면, 사는 것도 아니지."

"하지만 거기에 내기를 걸다가는, 내가 죽어요!"

"그렇다고 내기를 걸지 않으면 자네는 더 죽는 거야."

"이해를 못 하시는 것 같은데. 내가 당신을 죽인다 치자구요. 그런데 당신이 내가 아니라면, 나는 남은 생을 감옥에서 보내게 됩니다."

"자네가 날 죽이지 않는다면, 자네는 남은 생을 천 배는 더 끔찍한 감옥에서 보내게 돼. 자신이 아내를 죽인 살인범인지 아닌지를, 고문당하듯, 끊임없이 자신에게 물어야 하는 뇌라는 감옥 말이야."

"최소한 자유롭긴 하겠군요."

텍스토르가 웃음을 터트렸다.

"자유? 자유라고, 자네가? 자네가 자유롭다고 느낄 것 같은가? 이미 부서진 자네의 일상, 자네의 직장, 자네가 자유롭다고 말하는 게 그런 건가? 그렇다면 자네는 아무것도 배우질 못했어. 그래 밤마다 자네 안에 있는 범죄자를 쫓아내느라 잠들지 못하면서 자네가 자유롭다고 믿을 텐가? 대체 무엇으로부터 자유롭다는 거지?"

"악몽이에요."

앙귀스트가 고개를 저으며 말했다.

"맞아, 악몽이야, 하지만 악몽에도 탈출구는 하나 있어. 단 하나뿐이지만. 다행스럽게도 확실한 탈출구라네."

"당신이 누구든, 당신은 나를 이 세상에서 가장 지옥 같은 상황에 밀어 넣은 겁니다."

"자네 혼자서 그리로 들어간 거라네, 친구."

"내게 그 친근한 척하는 태도로 말하는 거나 그만두

시죠."

"제롬 앙귀스트씨가 서로 말을 놓기에는 너무 귀한 몸이시다, 이 뜻이지?"

"당신은 내 삶을 망쳐놓았어요. 그걸로는 충분치 않다는 거요?"

"우스꽝스럽게도 자신들의 생을 망쳐놓았다고 타인들을 탓할 필요를 느끼는 사람들이라니. 누구의 도움도 받지 않고 자신들 스스로 그렇게 만들어 놓고서는!"

"닥치시오!"

"누군가 진실을 말해주는 게 싫다는 뜻인가? 사실 자네는 내 말이 옳다는 걸 잘 알아. 아내를 자네가 죽였다는 것도 알고. 그걸 느끼고 있지."

"난 아무것도 느끼지 않소!"

"의혹의 그늘을 벗어나면, 달라질 거야."

텍셀이 웃었다.

"이 상황이 웃기오?"

"자네가 자네 모습을 보아야 하는데. 고통받고 있는 모습이 불쌍하거든."

앙귀스트는 순간 증오심이 폭발했다. 분노의 에너지가

저 아래에서부터 손톱과 이빨에 이르기까지 간헐온천처럼 솟구쳐올랐다. 그는 벌떡 일어나 적의 옷깃을 뒤집어 멱살을 바짝 움켜잡았다.

"계속 웃을 거요?"

"기쁘잖은가."

"죽는 게 두렵지 않다는 거요?"

"그러는 제롬 자네는?"

"나는 아무것도 두려워하지 않아!"

"큰일 날 뻔했군."

앙귀스트가 가장 가까운 벽으로 텍셀을 내던졌다. 구경꾼들은 개의치 않았다. 그에게는 자신의 증오심 말고는 다른 게 들어설 자리가 없었다.

"계속 웃을 거요?"

"내게 계속 존대를 할 건가?"

"죽어!"

"마침내!"

텍셀이 기쁘게 외마디 소리를 질렀다.

앙귀스트는 적의 머리를 움켜쥐고는 그걸 여러 번 벽에 부딪쳐댔다. 적의 두개골이 칸막이벽에 부서져 나갈 때마다 그는 외쳤다.

"자유! 자유! 자유!"

그는 다시 시작하고 또 되풀이했다. 그럴수록 신이 났다. 드디어 텍셀의 검은 머리가 박살 났고, 그제야 제롬은 깊은 안도감을 느꼈다.

그는 머리가 박살 난 몸뚱이를 놓아버리고는 자리를 떴다.

1989년 3월 24일 바르셀로나로 떠날 비행기를 기다리던 승객들은 뭐라 이름 붙이기 어려운 광경을 목격했다. 특별한 설명 없이 이륙 시간이 세 번째 늦춰지자, 승객 중 하나가 자리를 뜨더니 대기실의 벽에 두개골이 깨지도록 여러 번 머리를 부딪쳐댄 것이다. 그는 참 기이한 폭력적 기운에 휩싸여 있어서 누구도 개입할 엄두를 못 냈다. 그리하여 죽을 때까지 그 짓을 이어갔다.

뭐라 말하기 어려운 자살을 목격한 증인들은 그 장면을 세세히 증언했다. 문제의 그 사내가 벽에 머리를 들이박으면서, 그때마다 소리를 질러 자신의 동작에 박자를 맞췄다는 것이다. 그가 내지른 소리는 이런 것이었다.

"자유! 자유! 자유!"

옮긴이의 말

아멜리 노통브의 『적의 화장법』은 소설이라기보다는 모노드라마다. 실제로 대화체의 서술방식도 드라마에 가깝다. 그럼에도 이 작품이 소설일 수 있는 점이 바로 작가로서 노통브의 재기와 존재에 대한 통찰이 빛나는 대목이다.

모노드라마는 자칫 지루하고 단조로울 수 있다. 그런데 노통브는 이런 형식의 위험을 기꺼이 감수하면서 이중자아 Le double 사이의 대화로 이야기를 변주한다. 독자는 예고도 없이 처음부터 불편함과 낯섦에 부딪친다. 텍스토르 텍셀이란 이름의 화자는 공항에서 출발이 미뤄진 비행기 탑승을 기다리는 한 남자에게 다가가 불쑥 대화를 시도한다. 대화라고는 하지만 상대는 그것을 원치 않았기에 집적거림이었으며, 둘 사이의 대화는 차츰 텍셀의 일방적 스토킹과도 같은 폭력으로 변한다. 처음에는 그저 편집증적 미치광이의 비규범적 일탈인 줄 알았던 이야기는 강간과 살인의 고백으로 폭력적 변모를 겪는데, 독자에겐 이 순간이 고비다. 대체 이런 더러운 이야기를 왜 계속 듣고 있어야 하나? 라는 질문에 시달릴 수밖에 없기 때문이다.

그것은 작품 속에서 텍셀의 대화 상대가 처해 있는 상황이기도 하다. 그는 텍셀과의 대화를 한사코 거부하며 넌덜머리를 내지만 그러면서도 조금씩 그의 이야기에 동참하게 된다. 사실 인간은 이중적 존재다. 천사의 환한 면모와 악마로서의 어두운 속성을 함께 갖기 때문이다. 텍셀의 대화 상대가 진저리를 치면서도 그의 강간과 살인에 호기심을 느끼며 이야기에 빠지는 이유가 그것인데, 독자도 마찬가지로 이 더럽고 끈적한 이야기에서 빠져나오지 못한 채 힘겹게 끌려간다. 작가는 그게 바로 우리 인간 존재의 어두운 속성이라는 점을 말하고 싶어 하는 것 같다.

그래서 모리스 라벨의 음악 「볼레로」가 반복되는 리듬에 강세를 부여하며 섬세한 전개와 극적 절정에 이르듯, 노통브가 짜놓은 이야기는 독자로 하여금 정교하게 준비된 극적 퍼즐을 하나씩 채워나가다 어느 순간 존재의 심층에 대한 발견에 닿도록 이끈다. 둘 사이의 대화가 한 인간의 머릿속에서 벌어진 모노드라마였다는 점이 형식의 차원이라면, 지극히 평범한 일상을 살아가는 우리 자신의 내면에 강간과 살인을 저지를 위험, 심지어는 그 범죄를 합리화하고 동경하는 악마적 속성마저 있음을 부인하기 어렵다는 내용 차원의 깨달음이 그것이다.

인간이 강인한 천사인 동시에 악마적 유혹 앞에서 쉽게 무너지는 연약하기 짝이 없는 이중적 존재라는 이야기가 새로운 것은 아니다. 다만 노통브는 서양 기독교 문명의 이 오랜 주제를 모노드라마적 형식에 담아, 태연하지만 짓궂은 목소리로, 당혹스럽게 불쑥 우리 앞에 들이미는 데 성공했다. 따라가기 불편하지만 그래서 한편으론 흥미로운 드라마이다.

번역에 대해 말하자면, 드라마의 대화체를 최대한 살려야 하는데, 여기에 대해서는 앞선 번역본의 도움을 많이 받았다. 직역하자면 관념적인 표현으로 그쳤을 대화를 최대한 우리말 일상어로 자연스럽게 바꾸는 어려운 작업을 이미 해놓았기 때문이다. 다만 한 가지, 아멜리 노통브는 단조로운 반복을 피하고자 지적인 말장난과 함께 섬세한 시제 변주를 잘 쓰는데, 우리말로는 그것을 옮기기가 쉽지 않았다. 들어가는 공에 비해 티가 잘 나지 않는 부분이기 때문이다. 모쪼록 작가의 재치와 섬세함이 우리말로도 독자들에게 잘 전달되었길 바란다.